TOON TELLEGEN

De liefste wens

いちばんの願い

トーン・テレヘン

長山さき 訳

新潮社

目次

いちばんの願い

DE LIEFSTE WENS
by
Toon Tellegen

First Japanese edition published in 2023 by Shinchosha Company
Japanese translation rights arranged with
Em. Querido's Uitgeverij, Singel Uitgevers BV, Amsterdam
through Tuttle-Mori Agency, Inc., Tokyo.

Nederlands
letterenfonds
dutch foundation
for literature

The publisher gratefully acknowledges the support of the
Dutch Foundation for Literature.

Illustrations by Daisuke Soshiki
Design by Shinchosha Book Design Division

ツチブタ

ある日、ツチブタは森のはずれの灌木《かんぼく》の茂みに沿って、シダと藪のあいだをかき分けて歩いていた。

立ち止まって両手をこすりあわせながら、ツチブタは思った。ここにはまだだれも来たことがないだろう、と。

ツチブタはうなずき、灌木の茂みに踏みこんだ。トゲのある枝を押しのけながら、考えた。いまのぼくはなんだと思う？　探検家だ！

探検家であることがツチブタの長年の夢だった。

ツチブタは自分が通る灌木の茂みに名前をつけた。探検旅行をしていたら、そうするものなのだ。「これからはブタアザミと呼ぼう」ツチブタは言った。「そしてこれはツチイラクサ」

ツチブタはまだだれも嗅いだことのない、驚くべき匂いを嗅いだ。これから自分がまだなにを発見するのか、興味津々だった。前もって知ることはできない。そうでなければ、探検旅行ではなくなってしまう。

すぐにツチブタは前進できなくなった。灌木がトゲだらけでぎっしりと生い茂っているからだ。トゲが皮膚に刺さって痛かった。痛みは探検旅行にはつきものだ、とツチブタは思った。痛みなしになにかを発見することはできない。

ブラックベリーの茂みに似た茂みに入ったツチブタは、そこをブツブツの茂みと名づけた。まわりで揺れる枝になっている青い実を、ツチブタはブツブツと呼んだ。

なかなか大変だぞ、とツチブタは思った。いまぼくが経験しているのは試練なんだ。だが試練もまた探検旅行にはつきものだ。そうでなければ行楽になってしまう。ツチブタは行楽がきらいだった。

突然、声が聴こえてきた。「やあ、ツチブタ！　会えてうれしいよ。こんなところでなにしてるの？」

ブツブツの茂みの透き間から入ってきたコオロギだった。

ツチブタは驚き、すぐにうまい返事が思いつかず、つぶやいた。「探検旅行してるんだ」

「すごいね！」コオロギは言った。「ぼくは散歩してるんだ。ここ、すごくきれいだよね。毎日、来てるんだよ」

ツチブタはなにも言わなかった。今朝は家にいればよかったと思った。家にも発見するものはたくさんあるし、だれかに出くわすこともない。

コオロギがなかに進んでさらに何度か「ほんとにここはきれいだなあ！」と言っているのを聴きながら、ツチブタはゆっくりと後ずさりして茂みを出た。

散歩、とツチブタは思った。散歩をしてるだと……。

家にもどったツチブタは、明日は海に行こうと決めた。海にはまだ行ったことがなかった。まだ発見するものがたくさんあるにちがいない。もしかしたら無人島も見つかるかも……そうしたらツチブタ島と名づけて、そこに住もう。どうぶつたちがツチブタのことを探しても、見つからないだろう。その島の砂浜には〈発見済み〉と書いた看板を立てよう。自分が発見した、とだれかが勘ちがいしないように。

ミミズ

ミミズは地下で安楽椅子に座り、モグラのことを考えた。自分の部屋の横にある暗い廊下にモグラがいるのを思い浮かべた。

モグラ、キミがいまドアをノックせずにはいってきて、そっとぼくに忍び寄り、目隠しして「だーれだ？」と言ったらいいのに。

そうしたらぼくはまっすぐに座って、こう言うんだ。「えっと……そうだなあ……ちょっと待って……わかった！　キリンじゃない？」

「キリン！」キミは叫ぶだろう。「どうやってそんなこと、思いつくんだ？」

「さあね、わからないよ……だったら、フクロウかな……」

「フクロウ！　これはこれは！　地面の下にまっすぐに飛んで入ったんだろう！」

そうしたらぼくはじっくり時間をかけて考えて、こう言うんだ。「わかった！　もちろん、キミはクジラだ！」

キミはとびあがって、叫ぶだろう。「クジラ……ぼくが……ヒゲも噴水もあって、なんでもそろってるよ。まわりに海もある。ほら見て！」キミは笑いが止まらなくて、ひざを叩くだろう。そうしたらぼくはキミがいるのを見て、こう言うんだ。「モグラ！　ビックリしたよ！　もちろんキミに決まってるよね！　なんであんなにまちがったんだろう……」

ぼくも笑って、キミといっしょにお茶を飲む。満足して椅子にもたれて。

しばらくしたら、ぼくは言うよ。「モグラ……」

「なに？」

「正直に話そうか？」

「いいよ」

「怒らないでよ」

「ぼくがキミに怒るわけないだろう？」

「ほんとうは最初からキミだってわかってたんだよ」

「うん……」キミは言う。「ぼくも、キミがわかってるってわかってたんだ」

そうして、ぼくたちはそこに朝まで座ってるんだ。地面の上は明るくなるけど、ぼくたちのところは暗いままの時間が訪れるまで。

真夜中、ミミズは地下の安楽椅子でそう考えていた。思いがけない訪問、それがミミズのいちばんの願いだった。ただし、モグラ限定で。

クマ

じつは、とクマは考えた。満腹で椅子の背にもたれ、口元についたケーキのくずを拭きながら。ぼくのいちばんの願いはもう二度とケーキを食べないことだ。二度とケーキを食べたくならず、ケーキについて考えることさえもなくなること。ケーキ？　なにそれ？　そしてみんながケーキのなんたるかを説明したら、こう言うんだ。「もう二度とその話はしないでくれる？」って。

クマはくちびるをなめて、思った。いつでも永遠にケーキばかりなのはもうおしまい。まずはケーキ、締めにもケーキ、朝から晩までその繰り返しっていうのは……。

クマは両手をおなかにあてて眠りに落ちた。でもケーキはおしまい、という考えが夢のなかでクマを追いかけた。

翌朝、クマは早起きをして五個のケーキを焼いた。いままでに焼いたなかでいちばん大きなケーキだ。

粗熱が取れると、クマは家の前で五個のケーキを自分のまわりに円になるように並べて言った。

「もうおまえたちは終わりなんだよ。わかった？」

ケーキたちは黙っていた。ハチミツが横側から滴るだけだった。

「ナーバスになってるんだね」クマは言った。

助走をして、最初のケーキを木々の向こうに思いきり蹴った。

ケーキは遠く離れた海の、クジラの背中に落ちた。だれがぼくを驚かそうとしたのだろう、とクジラは考えた。誕生日でもないのに！

クマはまた助走して、二個目のケーキも木々の向こうに蹴った。ケーキは長いこと空高く漂い、さいごには砂漠のラクダの横に落ちた。ラクダは邪魔されたようにケーキを見て、自分もケーキを蹴った。ラクダはケーキがきらいだし、邪魔されるのはもっといやだった。ケーキは粉々に崩れ、世界の反対側に舞っていった。コアラとフクロモモンガがケーキのくずを食べることになった。

すでにたくさん力を使ってしまったので、三個目のケーキはナラの木のてっぺんまでしか届かなかった。そこではちょうどゾウがダンスのステップを踏もうとしているところだった。ゾウはケーキといっしょに落ちたが、ゾウのほうが落ち方が激しかった。しばらくすると、ゾウはケーキにまみれ、いつもならこぶのできる後頭部に生クリームをつけて横たわっていた。

四個目のケーキは、クマの家から近いネズミの家の窓にすっと飛びこんでいった。ケーキは棚にぶつかり、床に滑り落ちた。自分の頭上を飛んでくるのを見ていたネズミは、ケーキを食べた。たまにこうしてケーキが飛んでくるといいな、と思いながら。

五個目のケーキはまだ置かれたままだった。それはフルーツの皮の砂糖漬けとレーズンの入ったハチミツケーキだった。

クマはふたたび助走をしたが、ケーキのそばで止まった。

クマの心のなかで激しい闘いがはじまった。クマのよく知る闘いで、どちらが勝つかもわかっていた。

もうほんとうにケーキとは二度と関わりたくない――しばらくしてクマはそう思った。

それから草の上に座り、眠りに落ちた。

アブラムシ

アブラムシのいちばんの願いは、二度と恥ずかしいと思わないことだった。

部屋の暗闇に座り、アブラムシは考えた。一度、ごくふつうに、両手をポケットに入れ、口笛を吹きながら出かける。寒かろうが暑かろうが、雨だろうが嵐だろうが、かまわない。

森のなかを歩いていると、出会うどうぶつたちがみんなあいさつしてくれて、ぼくもあいさつをする。「こんにちは、アブラムシ」「やあ、ゾウ！」「こんにちは、カブトムシ」「やあ、イノシシ！」どうぶつたちが話をしたければ、立ち話をする。

「ねえ、アブラムシ、最近、ネズミから連絡あった？」と訊かれる。

「うん、よくうちにあそびに来るよ」ぼくはそう答える。「今朝も来てたんだ。ぼくさえよければ明日も来たいって言ってた。長居はしないと約束するから、ほんとうはぜひとも一日中、いたいところだけどって。ぼくはネズミが驚くような話をいっぱいしてあげられるからね」

「キミもコオロギの誕生日パーティーに行くの？　アブラムシ」とも訊かれる。

「行くと思うよ。その日はほかにも十件のパーティーに呼ばれてるんだけど、コオロギのところにも寄るつもりだ」

「まちがいなく喜んでもらえるね。キミが来たらパーティーは成功したようなものだから。アブラムシのいないパーティーは退屈極まりないって、よくみんなで言ってるんだよ」

ぼくはうなずいて、歩いていく。うしろから駆けてきて、あそびに来て、というどうぶつたちもいる。できればいますぐに、と。

「いいよ」とぼくは言う。「キミが喜んでくれるなら」

「うん、とてつもなく喜ぶよ」

そのどうぶつの家にいっしょに行くと、紅茶とケーキが出てきて、こう言われるんだ。

「キミがぼくのところに来てくれるとは、なんともとくべつなことだよ、アブラムシ。ぼくの一日は完璧にすばらしい。キミの訪問によって太陽がまた輝いている。少なくとも、ぼくの頭のなかではね」

そうしたら、ぼくは肩をすくめて、もう一切れケーキを食べたい、と言う。

「もちろんだよ、アブラムシ。いくらでも好きなだけ食べてよ。せっかく来てくれたんだから」

ほかのどうぶつたちもぼくを自分の家に連れていきたくて、外で待っている。みんなの家には棚いっぱいハチミツやそのほかの甘いものが、ぼくのために取ってある。そしてみんなが、話したいけれどほかのどうぶつには話せないあらゆる話をしようとする。

だれもが、我先にぼくに来てもらいたくて、殴り合いになってしまう。

「ちゃんと順番に」ぼくは言う。

「そうだよ、ちゃんと順番に！」みんなが叫ぶ。すてきな言葉だと思って、十回も繰り返して言うんだ。ちゃんと順番に、ちゃんと順番に……。

ぼくは両手をポケットに入れて、口笛を吹きながら、みんなの間をすり抜ける。「アブラムシはぼくのところにも、ぼくのところにも来てくれるから、ちゃんと順番に……」みんながそう歌っているなかを。

「もうおしまい」ぼくは言う。

「アブラムシはなんて言ったの？」みんなが訊ねあっている。

「もうおしまい、って言ってたよ」

「なにがもうおしまいなの？」

「わからない」

「アブラムシはいつもこんなとくべつなことを言うんだよな」

「うん、ぼくは家に取ってあるんだ」

「なにを取ってあるの？」

「アブラムシが言ったとくべつな言葉を書き残してるんだ。夜、自分に読み聞かせるとよく眠れるんだよ。今夜は〈ちゃんと順番に〉って自分に読み聞かせよう。楽しみだなあ！」

どうぶつたちは跪《ひざまず》く。

そして跪いたゾウやクマ、カブトムシ、アリ、そのほかのあらゆるどうぶつたちのあいだをすり抜けて、ぼくは森の真ん中に行くんだ。毎日、日没の時間に、みんなが歓声を上げるのをぼくらしい控えめさでとどめて、〈ちゃんと順番に〉という聖歌を聴くために。みんながぼくに歌ってくれるのだ。

そうアブラムシはある朝、カーテンの閉じた自分の部屋で考えた。顔が真っ赤になっていた。恥が自分に覆いかぶさり、自分を抱えあげ、大笑いして見ているような気がした。またろくでもないことを考えてるんだな、ちっちゃいアブラムシめが、と。

アブラムシはベッドの下に潜りこみ、ほこりにむせ、自分のいちばんの願いはけっして、いかなることがあろうと実現しないにちがいない、と思った。願いの、ほんのひとかけらさえも。

ケナガイタチ

毎朝、ケナガイタチは森を散歩した。いつも、キリギリスの店のショーウィンドウの前でちょっと立ち止まった。なにが売られているかも見るけれど、とりわけ好きなのは満足して出てくるどうぶつたちを見ることだった。椅子やブラシ、ケーキ、コート、棚、そのほかのいろんなものを抱えて。

自分自身はなにも必要としていなかったが、キリギリスのことをうらやましく思っていた。カウンターの奥に揉み手をしながら立ち、どうぶつたちがほしいものをいつでも在庫にそろえているキリギリス。

ぼくも店をはじめたらどうだろう、と考えた。そうしたら、みんながぼくの店にくるだろう。

「どこに行くの？」どうぶつたちが話す声が聴こえるようだった。「ケナガイタチの店だよ。また必要なものがあるからね」「ぼくもだよ！」

店はシナノキの下に構えよう。キリギリスの店から遠くないところに。キリギリスの店が閉まっているときにどうぶつたちが買いにこられるように。あるいはみんながこう思ったときに。まずはケナガイタチの店に行ってみよう、いつも珍しい特売品があるから、と。

本格的な店ができた。ショーウィンドウには大文字で〈なんでもかならずあります〉と書かれていて、ドアが開いたら鳴るベルがついている。店内には長くてピカピカのカウンターと、何十段もある背の高い棚がある。店の裏には家があり、ケナガイタチはそこに住みはじめた。

でも店ができたとき、商品はまだなにもなかった。在庫、とケナガイタチは考えた。いったいどうすれば、在庫は手に入るのだろう……。

キリギリスに訊ねるわけにはいかない、とケナガイタチは思った。

ピカピカのカウンターの奥の、空っぽの棚の前に立っていると、どうぶつたちが空っぽのショーウィンドウからなかを覗いて立ち去っていくのが見えた。なにか珍しい商品がなければだめだ、とケナガイタチは思った。ほかの店ではぜったいに売っていないもの。でも、それはいったいなんなのか？

ぼくのコートだ！　ケナガイタチは長くて分厚くてとても暖かい冬のコートをもっていた。ほかのだれももっていないようなコートだ。

季節は秋のはじめでまだ寒くはなかった。そしてそのコートはケナガイタチのもっているもののなかでいちばんすばらしいものだった。家の戸棚から出してきて、ショーウィンドウに掛けた。〈特売品〉という小さなボードを添えて。

すぐにさいしょのお客が来店した。いま、ぼくのいちばんの願いが叶うんだ、とケナガイタチは思った。

お客はコオロギだった。「ケナガイタチ、あのコートは……」

「ショーウィンドウの？」ケナガイタチは言った。「いいチョイスだね、コオロギ。ちょうど特売になってるんだよ。でも、よかったらまずお茶を飲まない？　コートは待ってくれるから」

楽しいことが好きなのになかなかその余裕がない、とケナガイタチは思っていた。

「うん、いいよ」コオロギは言った。

ケナガイタチはコオロギを家に上げて、お茶を出した。

楽しい朝を過ごして帰っていくコオロギは、自分がコートを買いたかったのをすっかり忘れていた。

すぐに新しいお客が来て、またコートをほしがった。

今度のお客はサイだった。

ケナガイタチはこう言った。「あのショーウィンドウのコートがほしいの？　残念ながらすでに注文があったんだよ、サイ」

一言の返事もなく、サイが店から出ていったとき、ケナガイタチは思った。ぼくはほんとうにこのコートを売りたいのだろうか？　寒くなったらなにを着るんだ？　キリギリスの店に行って、キリギリスからコートを買わなきゃいけないっていうこと？

店はどんどん混んできて、ケナガイタチは自分がコートを売らずに済むよう、ずっと言い訳を考えつづけているのに気づいた。

カバには、ちょうどクリーニングしたところで生地を休ませるためにショーウィンドウに吊るしてあるのだ、と言った。ほかのお客たちには、まだ手直しが必要だ、サイズが合わない、帽子と対になっているがまだ帽子が届いていない、日をあらためて来店したらもしかしたら買えるかも、などと言いつくろった。

お客たちがガッカリして帰っていくのがわかったが、ほかにはなにも売るものがなかった。コートは売り物でない、と言う勇気もなかった。みんなが怒り出したり、バカにして笑ったりするのが怖かったのだ。「こんなの、店って呼べないよ」と。

よし、こうしよう！　午後の終わりにケナガイタチは思った。ぼくが自分で買うんだ！

ショーウィンドウに入り、〈特売品〉のボードをはずして〈売却済〉に取り換えた。

コートが必要になるまで、ここに掛けておこう。

その日以来、来店するお客はいなくなった。二、三週間後には完全に閉店することに決めた。

ショーウィンドウのカーテンを閉じ、ドアには念のため〈売り物なし〉というボードを打ちつけた。

さて、どうしよう？　とケナガイタチは思った。

今年さいしょの寒い日だった。ケナガイタチはショーウィンドウから取ったコートを着ると、散歩に出た。売らなくてほんとうによかった！　ケナガイタチはそう思い、出会うどうぶつたちに親しみをこめてうなずいてみせた。どうぶつたちは残念そうにケナガイタチのコートを見つめた。みんな自分が買いたかったのだ。

アナグマ

アナグマは部屋が百ほどある家に住んでいた。正確に何部屋あるかはわからないし、毎日新しい部屋も増築した。どの部屋もきっといつか役に立つはずだった。「なにがあるかわからないから」アナグマは新しい壁を立て、新しいドアと窓をつけ、真ん中に新しいテーブルと椅子を置きながら、自分にそう言い聞かせた。

だがある日、アナグマは疲れていて、何度も家のなかで迷子になり、行き当たった部屋がどういう目的の部屋だったかさっぱり思い出せず、自分にこう言った。「アナグマよ、キミが率直にぼくに尋ねるなら、ぼくは小屋に住みたいよ。どこか遠くにある、ベッドとドアだけの小屋。外には小さなベンチがあって、夜にはそこから日が沈むのを眺めるんだ」

アナグマは家のたくさんのドアに鍵をかけて、森の反対側に歩いていき、そこに小屋を建てた。ベッドとドアと外のベンチだけの小屋だ。

だが翌日、ベンチに座っていて暑くなり、上着を脱ぐと、アナグマはこう思った。上着を仕舞う小さな納屋が必要だ。そこらへんに置いておくわけにはいかないから。

アナグマは納屋を建てた。

でもいまだれかが訪ねてきたとしたら？　お客だって上着を脱ぎたければそうするべきだ。暑くなったときに上着を脱いで、ぼくの上着に重ねて置くのはいやだろう？　そのための部屋も必要ではないか？　それにぼくの靴はどこに置くべきなのか？　朝ベッドを出たら、置きっぱなしの靴につまずいてしまう……。

数週間後、アナグマは横に巨大な納屋のある小屋に住んでいた。納屋には間仕切りで分かれた部屋が百もあった。

そこでアナグマはほんとうに疲れきった。

玄関の前の草の上に座り、目の前に広がる広大で空っぽの草原を見ていた。ぼくの願いはただ一つ、とアナグマは思った。家も小屋ももたないことだ。

小屋と納屋に鍵をかけたアナグマは草原を歩きはじめた。

その日の終わりには草の上に寝そべり、空高く流れていく小さな白い雲たちを眺めていた。だれかが訪ねてきて「最近はここに住んでるの？　アナグマ」と訊いたら、こう言ったことだろう。「そうだよ。どうぞ入って。上着は好きなところに置いてね」そして自分のまわりのあらゆる方角を指さしただろう。

ヒトコブラクダ

一日の真ん中、砂漠の真ん中でヒトコブラクダはフタコブラクダに会った。

「こんにちは、フタコブラクダ」ヒトコブラクダは言った。

フタコブラクダは顔を上げ、ヒトコブラクダを見、うなずいて立ち去った。

考えにふけっているのだろう、とヒトコブラクダは思った。

フタコブラクダと話がしたかったのに。太陽について、あるいは喉の渇きや砂について。だがフタコブラクダはそんな会話はしたくなかった。それは確かだ。

なにを考えていたのだろう？　とヒトコブラクダは思った。きっと深い考えにちがいない。ぼくがいくら真剣に考えても思いつけないような。ぼくはヒトコブラクダにすぎないから……。

ヒトコブラクダは立ち尽くして振り返り、フタコブラクダが岩のむこうに姿を消すのを見た。

ヒトコブラクダは不幸に感じた。いつもより暑く、砂漠と砂、太陽にうんざりしていた。

フタコブラクダは自分を不幸に感じることなどないにちがいない、とヒトコブラクダは思った。

暑さも苦にならず、うんざりすることもなく、太陽をものともしないだろう。

ヒトコブラクダはため息をついた。ぼくにもこぶが二つあれば不幸に感じないはずだ、と思った。前にもそう思ったことがあった。こぶが二つ！　こぶが二つあれば、不幸に感じることなどできないにちがいない……。

だが突然、ヒトコブラクダはいちばんの願いを思いついた。三つのこぶだ！　背中の、首としっぽのあいだに三つのこぶがあるのだ。

フタコブラクダは不思議な顔で見るだろう。ぼくたちが出会ったら、あっちから言うだろう。「こんにちは、ミツコブラクダ」って。そしてぼくが顔を上げてうなずいて、考えにふけって通り過ぎるだろう。

うしろから「おい、ちょっと待った、どうやって三つのこぶができたんだ？」と叫んできたら、振り返ることなくこう言うんだ。「いやまあ、込み入った話なんだ」

それ以上、なにも言わずに静かに歩きつづける。

フタコブラクダは長いあいだ立ち尽くして、自分も三つのこぶがほしくなるだろう。でもそれは無理だ。三つのこぶをもっているのは唯一、ぼくだけだから。

ヒトコブラクダはさらさらの砂の上を足が焦げそうになりながら、とぼとぼと歩いていった。どこに向かっているのかはわからない。砂漠は広すぎるので、いつでもそうだった。

ヒトコブラクダはいつまでたっても一つしかこぶをもたないだろう。

ムカデ

ある朝、目を覚ましたムカデは伸びをして、ぜんぶの膝がまだ動くか確かめ、何回かあくびをしてベッドから出た。

すると、いままで見たことのないものが目に留まった。

ベッドの横に千の新しい靴が置いてあったのだ（ムカデはオランダ語で〈duizendpoot 千の足〉）。それもふつうの靴ではない。毎日、森を歩くボロボロの普段履きとはちがって、まっさらの靴。エメラルドグリーン、深紅、空色の靴で、シルバーのバックルやビロードの紐がついている。スリッパのようにヒールのない靴もあれば、松葉のように細いヒールの靴もあった。

どれもみな、ムカデがずっとほしくてたまらなかった靴ばかりだ。

さいしょの、薄緑色の麻の靴に小さな手紙が入っていた。

親愛なるムカデ
キミのためのささやかな贈り物。

ぜんぶの足に新しい靴。

「ささやかな贈り物！」ムカデは叫んだ。「ぼくのための！」

一つずつ履いて、バックルをはめ、紐を結んだ。

何時間もかかって履きおえると、外に出た。

誰がささやかな贈り物をくれたのか、ムカデにはわからなかった。これまでにささやかな贈り物をもらったことがなかったし、ましてや千の靴などありえなかった。

慎重に、すべての足をしっかりとあげて水たまりやでこぼこを避けながら、ムカデは森のなかを歩いた。

途中で会ったどうぶつたちは立ち止まり、ムカデの靴をすばらしい、自分もあんな靴がほしいと思った。でもそれが無理なことはみんなにもわかった。

午後遅く、アリに会ったムカデは靴を見せた。

アリはうなずき、きれいな靴だね、と言った。

「だれがぼくにくれたんだと思う？」ムカデは訊いてみた。

「静かなる崇拝者」アリは言って、それの意味するところを説明した。なぜ、静かなる崇拝者が時折、理由もなくとくべつなプレゼントをくれるのか、も。アリの家には、いくつもの戸棚いっぱいに金色のピンや絹の帽子、ビロードの手袋、銀のスプーンなど、静かなる崇拝者たちにもらったものが入っているのだそうだ。自分にとってはささやかな贈り物はとりたてて珍しいものではない——アリはそう言って立ち去った。

ムカデはうなずき、眉をしかめ、考えこみながら、一歩一歩、歩いて家にもどった。すべての靴を脱ぎ、ピカピカに磨き上げ、壁沿いに並べて置いてから思った。これからはとりわけとくべつな機会にだけ履くことにしよう、と。

そして机に向かい、紙を取って、手紙を書いた。

静かなる崇拝者さま
ささやかな贈り物をありがとうございました。
ぼくのいちばんの願いでした。
どうしてわかったのですか？
これ以上の願いはけっしてもたないでしょう。
ムカデ

手紙を机に置くと、ムカデはもう一度だけ新しい靴を眺めて、ベッドに入って眠った。

リス

ある秋の朝、リスは何時間も眠れずに考えごとをしていた。後悔していることについて、べつの方法でおこなうべきだったことについて、言うべきではなかったことについて。リスは起き出して外に行き、両手を口にあててできるかぎりの大声で叫んだ。「ぼくはやさしくないんだ！　キミたちはやさしいよ！　キミたちみんな！」

静けさが長くつづいたあと、遠くから声が聴こえた。「ぼくも？」

「うん、キミも！」だれが叫んだのかはわからなかったが、リスはそう叫びかえした。

家にもどると、部屋のなかを行ったり来たりして、ベッドに寝てみたかと思うと、がばりと身を起こし、テーブルにのぼって両こぶしを振りまわして叫んだ。「いいや、キミたちはぜんぜんやさしくない。なんであんなこと言ったんだ。キミたちだれもやさしくない！　みんな大っきらいだ！」

リスはテーブルからおりて、そう叫びに外に出ようとした。みんなを毛嫌いしていることが全員に――遠くの知らないどうぶつにも――伝わるように。

でもリスはそうはしなかった。テーブルにむかって頭を抱えて座り、ほんとうに自分がみんなをきらっているのか、それともやはり——自分以外は——みんなやさしいと思っているのか、わからずにいた。

　リスはみんなに手紙を書くことにした。「ぼくは自分がキミたちのことをどう思っているのかわかりません。キミたち全員のことです」そしてその下のあいさつの言葉と名前のあとにはこう書くのだ。「自分をどう思っているかは、わかりすぎるほどわかっています」

　でも結局、そんな手紙は書かずに、これからはほかのことについてのみ考えることにした。たとえば、春について。夏のほうがもっといい。夏のはじめについて考えるのが、リスのいちばんの願いだった。

カゲロウ

　どうぶつたちが午後遅く、森の空き地に集まっていたとき、カゲロウ（オランダ語では〈一日のハエ〉という。短命の象徴）にいちばんの願いはなにか、訊ねた。カゲロウはむせび泣きはじめ、涙が頬にあふれた。

「訊くべきじゃなかった」どうぶつたちは小声でささやきあった。

「そうだよ」

「なにか歌ってあげたらどうかな」

「なにかあげるのは？　お別れのプレゼント……」

「だめだよ！　とんでもない！　そんなことしたらますます激しく泣き出すよ！」

　みんなは頭を垂れて、自分たちまで悲しくなってしまった。取りつくろう方法が思いつかず、自分たちも〈一日のコオロギ〉や〈一日のクマ〉、〈一日のゾウ〉だったとしたら、と想像して、身を寄せあって震えた。

　森のなかは静まり返っていた。空き地を取り囲む木々のあいだの地面から、夜霧が立ちのぼりはじめ、薄いベールのように渦を巻いた。

　そのとき、カゲロウが顔を上げ、涙をふいて言った。「ぼくのいちばんの願い？　それは明日、話すよ」

ハリネズミ

　真夏のある夜、太陽が沈んだころ、リスは森をすこし散歩して、ハリネズミの家の前を通りかかった。

歌声がして、立ち止まった。聴き覚えのあるハリネズミの声だった。

ハリネズミが歌ってる！

リスはこれまで一度もハリネズミが歌うのを聴いたことがなかったし、歌えることも知らなかった。

森のなかは風もなく、ツグミは黙り、カエルも黙り、吠えているものもだれもいなかった。まるでだれもが息をひそめてハリネズミの歌を聴いているかのように。

でも、ほかのどうぶつたちにも聴こえているかは、リスにはわからなかった。ハリネズミの家は深い灌木の茂みに隠れていて、近所にはだれも住んでいないからだ。

ハリネズミは低くくぐもった声で歌っていた。それは、いちばんの願いが目の前にあるのにけっして手に入らない、という悲しい歌だった。

歌が終わったとき、リスは思わずつぶやいていた。「なんてきれいなんだ……」リスは唾を呑んだ。だれかがこれほどきれいに歌うのを、リスは聴いたことがなかった。

ハリネズミが外に出てきた。

「聴いてたの？」ハリネズミは大きく目を見開いて、リスに訊ねた。

「すばらしかったよ、ハリネズミ」リスは言った。

「キミがここにいるとは知らなかったよ」

「偶然、通りかかったら、キミが歌ってたんだ」

「でも、ぼくはぜんぜん歌えないんだよ！」ハリネズミは言った。「てきとうに歌っただけなんだ。なんでかはわからない。突然、浮かんできたんだ。偶然なんだ。そう、それだよ、偶然。いままで一度も歌ったことがなかったのに！」

「もしかしたら、スピリットを得たのかもしれないね」リスは言った。どういうことかはリスにもよくわからなかったが、アリが一度、そう言っているのを耳にしたことがあったのだ。ゾウが予想外にナラの木のてっぺんで（結局、落ちてしまう前に）ほぼ完璧なピルエットを踊ったときに。それはだれかが、なによりもとてもやりたいけれど実際にはできないことをやろうとしたときに得るものなのかもしれない。

「スピリット？」ハリネズミが訊いた。「なんだ、それ？」

「わからない」リスは言った。「アリが〈スピリット〉って呼んでたんだよ」

「ぼくがそれをもらったの？　いったいだれから？」

「ぼくにもわからないよ」リスはなにも言わなければよかった、と思った。

「スピリット……」ハリネズミは言った。「予告もせずに。それによってぼくが歌ったというわけか……いやだな……ぼくはなにもほしくない……なにも頼まなかったんだよ？」

　ハリネズミはしばらく考えていた。「それとも、ぼくじゃなくてそのスピリットが歌ったってこと？　ぼくの家で……ぼくの喉から……だとしたら、いま、スピリットはどこにいるんだ？」

リスは、今夜は家にいればよかった、と思った。でもそのとき、自分がいままで一度も聴いたことがなかったものを聴いたことを思い出した。歌を歌うハリネズミ、それもあんなにきれいに、あんなに温かく……。

「ありがとう、ハリネズミ」リスは言った。「それ以上はなにも言わないよ。でもあれはぼくが聴いたことのあるなかでもっともきれいなものだった。じゃあね」

「だれにも言っちゃだめだよ！」ハリネズミはさいごに言った。

「うん、わかった」リスは森のなかに入って行った。ツグミとカエルがまた鳴いていた。遠くでだれかが吠えるのも聴こえ、ライオンだろう、と思った。すべてはまたいつもどおりだった。風も吹きはじめた。ハリネズミが歌うのを聴いたことは、だれにも話さないけれどけっして忘れないだろう。

ハリネズミはドアの前に立ち尽くしていた。眉をしかめ、こう思った。リスはきれいだと思ったんだ……でもぜんぜんそんなことはなかった！　ぼくはてきとうにやっただけで、歌なんて歌えないんだ……ぼくがしたのは〈歌うこと〉ではなかっただろう？　それにその〈スピリット〉っていうのはもちろん、アリがでっち上げたにちがいない。自分しか知らないことをでっち上げるのが得意だから……。

暗くなり、ハリネズミは家のなかに入った。いつかまた歌うかどうかはわからなかった。歌わないだろう、とハリネズミは思った。あんなことはするべきじゃない、と。

針が震え、互いにぶつかり合っていた。そんなことは、歌うことと同じくいままで一度もなかった。いったいなにが起こっているのだ？　とハリネズミは思った。まさか、まだスピリットがいるのか？

ハリネズミはドアに鍵をかけて、ベッドに上がり、毛布の下にもぐりこんだ。

イノシシ

よく眠れなかった朝、イノシシは部屋のまんなかに寝そべって思った。いまのぼくのいちばんの願いはなんだろう……。

だが、すぐに跳び起きて叫んだ。「いまのぼくのいちばんの願い？　なにもない！　まったくなんにも！」

イノシシは部屋のなかを、ベッドからドアへ、そしてまたベッドへと行ったり来たりして、頭を叩いて言った。「もうこのままじゃダメだ」

窓を開けると、イノシシはできるかぎりの大声で、そのとおり叫んだ。「もうこのままじゃダメだ！」

窓を閉め、テーブルに向かい、頭を両手ではさんで座った。ほんとうに、もうこのままじゃダメなんだ、とイノシシは思った。もうちょっとしたら終わってしまう。

なにが終わってしまうのかはわからなかったが、なにかが終わってしまうことはたしかだった。

どうぶつたちはイノシシの声を聴いた。リスとコオロギ、テンが訪ねてきてドアを叩き、「イノシシ！」と叫んだ。

「はい」イノシシがつぶやいた。

リスたちが入ってきて、なにがもうこのままじゃダメなのか、訊ねた。

イノシシは座ったまま、見上げもせずに不満そうに言った。「わからないよ」

テーブルのまわりに立ったリスたちは、ほかになにを訊けばいいのかわからずにいた。

結局そのまま帰っていった。また大丈夫になったら教えて、と言い残して。

「うん、そうする」イノシシは言った。

みんながいなくなると、立ち上がった。まるで締めあげられるか押し込められているかのように、体全体に圧迫を感じていた。皮膚から飛び出さないといけないようだ、とイノシシは思った。だからそんな表現があるのだ、と（我を忘れて怒ることをオランダ語で〈皮膚から飛び出す〉と言う）。

圧迫はしだいにひどくなっていった。皮膚がもう破れはじめているような気がした。イノシシは鏡の前に立ち、あらゆる方向から体を見た。どこかが破れていたら、そこから皮膚のそとに這い出せるかもしれない、と思って。でもどこにも裂け目や割れ目は見つからなかった。

振り返ったイノシシは、突然、おなかがとてもすいていた。戸棚のなかや、ベッドとテーブルの下を探したが、食べものはどこにもなかった。

イノシシは椅子をつかんで食べようとした。そのあとにはテーブルやベッド、戸棚、そのほか、食べられるものはなんでも食べるつもりだった。

椅子の脚に歯をあてて噛もうとしたとき、リスとコオロギ、テンがふたたびドアを叩いた。

「イノシシ！」みんなは叫んだ。「もう大丈夫になった？」

「なってない！」イノシシは叫んだ。

リスたちがいなくなると、イノシシは椅子をおろした。

あいつらはもちろん、午後にもどってきて、大丈夫になったか訊くだろう。今夜も、明日も。ぼくが大丈夫になったと言うまでずっと。そのあとにはもう来なくなる。

昼近くで、開いた窓から太陽が射しこんでいた。

イノシシは床にうつぶせに寝て、両手のこぶしで床を連打し、できるかぎりの大声で叫んだ。

「面倒だ！　面倒！」それから横向きに寝て、膝を顎につけると眠りに落ちた。

キリン

「もっと短い首がほしいと思う？　キリン」あるとき、アリはキリンに訊いた。森のはずれを散歩しながら、お互いが望むことと望まないこと、そしてお互いのいちばんの願いはなにか、話しあっていたときのことだ。

「うん」キリンは言った。「たまにね」自分の首は好きだが、ひどく長くて不便に感じることもたまにあった。

キリンは眉をしかめて思った。でも、なにかが見つからなくて、ベッドの下や棚の上を探すときには、首が長くて便利だ……。

「それとも、首がまったくないほうがいい？」アリが訊いた。自分には首がなくて、首があるなんて考えるのもいやだった。

キリンはむずかしい質問だと思い、念のためにこう答えた。「うん、そうかもしれないね」

「あるいは、頭がまったくないとか？」アリが畳みかけるように訊いた。頭がまったくない……キリンは考えた。そうなったら、どうやって考えるんだ？

キリンは答えに躊躇《ちゅうちょ》していたが、ときどき、ぜんぜん考えたくないのにずっと考えつづけてしまうことがあるのを思い出した。

「うん」キリンは言った。「ごくたまに」

「そうだと思ったよ」アリは言って、ほかにもキリンがいらないかもしれない体の部位をつぎつぎ挙げた。前脚、後ろ脚、しっぽ、模様のついた毛皮……。

そのたびにキリンはそうだと認め、前脚や後ろ脚、しっぽや模様のついた毛皮がなければいいと思ったときのことを思い出した。

そんな自分に驚いていた。まるでもうすべてがいらないみたいだ、とキリンは思った。急に体が冷たくなって、震えはじめた。ぼくときたらまるで存在していたくないみたいだ……。

いままでそんなことを考えたことがなかった。

アリはうなずき、こう訊いた。「ツノがないほうがいいって思うこともある？」

キリンはとびあがった。二本のツノが興奮して左右に揺れている。

「いや！」キリンは叫んだ。「それはぜったいにない！」ツノはキリンのいちばんたいせつな所有物なのだ。

アリは一歩うしろに退いて訊いた。「ツノってなんのためにあるの？」

「なんのためでもない」キリンは言った。「そしてぼくは、ツノがずっとなんのためでもなくありつづけてほしい」

アリはつま先立ちで少し左右に揺れて、踵《きびす》を返し、なにも言わずに森のなかに消えていった。

ツチボタル

ある暑い夏の夕暮れ、ツチボタルはセイヨウニワトコの枝に座って考えごとをしていた。光と闇、昼と夜、幸せと不幸せ、そのほかのさまざまなことについて。

時折、ちょっと光を点けて自分のまわりの枝を見たが、それ以上は光らなかった。長くつづけて光ることは一度もなかった。光るのはむずかしくて、光っているときに同時に考えることはできないのだ。

ツチボタル（オランダ語では〈ヒカリムシ〉）のいちばんの願いは、光ることのできるどうぶつがほかにもたくさんいることだった。ヒカリライオン、ヒカリカブトムシ、ヒカリモグラ、ヒカリアリ……そして一度みんなで同時に光るのだ。だれかが「いま！」と声をかけて、みんなが光り、森ぜんたいが光を浴びる。川のなかではヒカリカワカマスとヒカリバス、ヤナギのいちばん下の枝ではヒカリカラスとヒカリムクドリ、草原ではヒカリヌーとヒカリリカオンが光る。空高く、ヒカリハゲワシが旋回し、海にはヒカリザメとヒカリエイが光る顔を海面から出し、ヒカリトビウオが波の上を飛び跳ねる。

ツチボタルはちょっと光を点けて消すと、またつづきを考えた。それに、ぼくたち全員で歌うこともできたとしたら……ヒカリウタイサイにヒカリウタイライオン……そしてみんながべつの色をもっていたら……赤いヒカリウタイコオロギや灰色のヒカリウタイトガリネズミ……みんなで飛び上がって、すべてをあとに残して飛んでゆくのだ。すべての暗く平凡なものを残して。そしてぼくたちは光の世界で永遠に飛びつづける……。

いつのまにか夜になっていた。月は雲に隠れ、遠くではイノシシが眠りながらブーブー鳴いていた。またとんでもない空想をしたものだ……ツチボタルは呆れて頭を振った。体が熱くなり、いまだかつてないほど光った。

だれかがセイヨウニワトコの横を通り、ツチボタルを見上げて言った。「やあ、ツチボタル」

だがツチボタルの光は、それがだれだか見るにはやはり弱すぎた。

「やあ……えっと……」ツチボタルは言った。

もう少し点いていたあと、ツチボタルは光を消した。

トカゲ

森の真ん中からさほど離れていないところにある灌木の茂みの小さな家に、トカゲは住んでいた。

記憶にあるかぎりずっとそこに住んでいて、自分のことを平凡で目立たないと思っていた。ぼくは平均的などうぶつだ、と。

毎朝、鏡を覗くたびに、いつでもおなじ平凡で目立たない顔が見えた。

トカゲはそれがいやだった。

ある日、道でアリに会ったとき、その話をした。いつも自分は目立たないと思い、いやな気持ちになるのだ、と。

アリは肩をすくめた。

「だれでも目立たないんだよ」アリは言った。「いやな気持ちになろうがなるまいが。ぼくも目立たない。並外れて目立たなくさえある。ぼくほど目立たないどうぶつはいないね」

アリはトカゲを見つめた。

「ぼくが目立ってること、ある？」アリが訊ねた。「正直に言って」

しばらく考えたあと、トカゲはためらいがちに言った。「ない」

アリは満足げにうなずいて、その場を立ち去った。

でもトカゲは納得できず、やはりどうしても目立ちたかった。それがトカゲのいちばんの願いだった。

いつもはぜったいにやらないことをやってみよう、とトカゲは思った。

翌日、紫色のジャケットを着て、ライトブルーの山高帽を被り、ナラの木のてっぺんまでのぼり、くるりと一回転して、ライオンのように吠えた。

どうぶつたちは驚いて上を見上げた。トカゲの姿が見えた。「トカゲか……」みんなは口々に言って、うなずいた。

しばらくすると吠えるのをやめて、もう一度くるりとまわり、帽子を高く放り投げて叫んだ。

「いま、目立ってない？」

でも、どうぶつたちは首を振って言った。「目立ってないよ」

トカゲは地面に下りてきて、走って家に帰った。

これ以上、どうすればいいかわからない、とトカゲは思った。

ジャケットと山高帽を家の裏のイラクサの茂みに叩きつけ、家のなかにはいった。

テーブルにむかって座り、両腕に頭をのせて思った。ぼくはずっと目立たないままだろう。どうすることもできないんだ。

翌朝、トカゲはさいごにもう一度だけ鏡を覗きこんでから、鏡もイラクサに投げ捨てた。

それから散歩に出かけた。

マルハナバチ

マルハナバチのいちばんの願いは、だれもが羽をもっていて、ハチミツが好きで、フワッとしていて、愉快で、ブンブン鳴ることだった。

そんな光景が頭に浮かぶようだ。

森の空き地にみんなが飛んでくる。ゾウ、クジラ、キリン、ミミズ……。

長いテーブルがあって、ハチミツいっぱいの花の萼《がく》がたくさん置いてある。

どうぶつたちはまたみんなに会えて喜んでいる。

クマが上座に座り、満足げにブンブン鳴っている。羽をたたむと「一、二の三！」と音頭を取る。すると全員が前かがみになって、頭を萼に突っ込み、ハチミツをすすり出すのだ。

すすりながら早くもブンブンと鳴りはじめる。ゾウ、クジラ、キリン。ブンブンいっていないものはだれもいない。カブトムシもアリも、クラゲもドジョウもラクダも、それにカエルやナイチンゲールまで。カエルは、ブンブン鳴るほうがケロケロ鳴くよりもすごい、と認める。「なんでもっと早くブンブン鳴らさなかったんだろう？」ナイチンゲールも同じ意見だ。

みんな、フワフワで愉快な仲間だ。ハリネズミはフワフワな針をもっているし、カタツムリの殻もフワフワ、ザリガニは愉快なハサミをもっている。

食べきれないほどのハチミツがあり、もはや花が萎《しお》れることもない。

マルハナバチはある夜、薄暗がりでそんな想像をしていた。一日中、ブンブン鳴らして、花から花へと飛びまわって疲れた頭で。

目を閉じて眠ると、夢のなかでいちばんの願いがかなっていた。

アブ

ぼくのいちばんの願いは、とアブは考えた。一度、空をめっぽう強く刺すあまり——純然たる興奮、愉しみ、怒り、絶望、そのほかのなにか、理由はなんでもかまわない——、上から「いてっ！」という叫びが響きわたることだ。あまりにも大きな声なので、木の上のどうぶつたちは落っこち、水中のどうぶつたちは高潮で岸に打ちつけられ、地下のすべての部屋や道が崩れ落ちる。これまで「いてっ！」という声がこれほど大きく響いたことは一度もないくらいに。空はぼくの一刺しによる痛みをもっとも遠い隅まで感じ、心が張り裂けそうなすすり泣きが星々を青ざめさせる。だれかがこんなに強く刺したことはいまだかつてなかった。その後は静まりかえるが、長くはつづかない。森じゅう、海、地下の奥深くまで聴こえる声がこう言うからだ。「アブ、こんなこと、もう二度としないでくれる？」

ぼくは「わかった！」と言って、二度と、ほんとうに二度と、どこも刺さないことにする。そしてみんなにそう知らせるんだ。

しばらくしてスズメバチに会うと、スズメバチは眉をしかめてこう言うだろう。「ねえアブ、もう二度と刺さないって聴こえたけど、ほんとうなの？」そうしたらぼくはこう答えるだろう。

「うん、スズメバチ、もう刺しおさめたんだ」スズメバチは頭を振って、飛んでいくだろう。

どうぶつたちはぼくを誕生日に招くだけでなく、ただなんとなくあそびに来るようにも誘うだろう。スズメバチのことは招待しない。スズメバチの誕生日にはドアの前に立って「おめでとう、スズメバチ！」と叫んで走って逃げるだろう。ぼくの誕生日にはみんなふつうに入ってきて、ぼくがかつて刺したことは忘れているだろう。

そうしたら、名前も変えるかもしれない、とアブは思った。アブではなく、マブとかバブにするんだ。うん、バブがいい。みんなぼくに手紙を書くだろう。「親愛なるバブ、キミもぼくの誕生日に来てくれる？　ぜひ来てほしいな！」

そしてみんながぼくのことを大好きになったら、バブリンというだろう。「やあ、バブリン！」って。

秋になったところで、さいしょの木の葉が落ちはじめた。ナラの木の高いところではツグミが今年さいごに鳴いていた。

イカ

森から遠く離れた海の底に、イカが住んでいた。

孤独に暮らしていて、だれも訪ねてくることはなかった。

何度もどうぶつたちに長い手紙を書いた。頻繁にたがいを訪ねあったり、誕生日を祝ったり、遠くへ旅したり、いろんなことを体験している——イカがそう知っているどうぶつたちに。

あそびに来るよう、みんなを招いた。ぼくだって誕生日のこともあるのだから！　と。そして自分を招いてくれるよう懇願した。冬の短い訪問でもかまわない。どうやって訪ねるかは自分で考える。マッコウクジラかエイの背中に乗せてもらうのがいいかもしれない。きっと道を知って

いるだろうから。だれかに招いてもらうこと、それがイカの唯一の願いだった。

だが墨が海水に消されてしまい、手紙は白紙で海岸に打ち寄せられた。どうぶつたちは時折、それを発見し、驚いて見た。これは手紙だよね、と互いに話した。でもだれからの？

みんな、ぼくが存在するのを知らないんだ、とイカは思った。でも知らなくてもいいじゃないか。ぼくの存在を推測することもできるはずだ。もしかしたらイカが存在するんじゃないかって。ぼくだって想像してみることはある。モツレとかモンクムシ、ホエザカナが存在するか、考えてみることがあるんだから。どれも存在しないけれど、ぼくは存在してるんだ！　イカは四本の腕を振りまわした。残りの六本は背中にまわしていた。

ぼくは無駄に生きている、とイカは思った。それがみんなの願いにちがいない。「だれかひとりだけ無駄に生きなければならない」互いにそう言い合っているはずだ。それがだれなのかは知ろうともせずに。ぼくなんだよ！　このぼく！

「みんな、聴いてる!?」そう叫んだが、だれも聴いていなかった。

イカはどんどん悲しくなっていった。

さいごに、イカはもう一度だけ手紙を書き、その後は二度と書かないことに決めた。そうしたら、墨は流し去ってしまおう。そうしたら、ぼくはスミナシイカだ――イカは苦々しく思った。

どうぶつたちに、もう二度と手紙は書かないと知らせる手紙を書くと、イカはそれを海中から上に漂わせた。すべての文字は消されてしまった。ただピリオドだけが消えずに残っていた。あまりに太く大きなピリオドだったので、完全に消えることがなかったのだ。イカは自分の墨をさいごの一滴までそのピリオドに費やした。

しばらくして、どうぶつたちは砂浜に手紙を見つけて、読んだ。

それはどうぶつたちが読んだことのあるもっとも奇妙な手紙で、みんなの心を不安と混乱で満たした。その日、どうぶつたちは森の真ん中で、仲間の誕生日をだまって祝った。

ゴキブリ

ある日、どうぶつたちが森の空き地に集まって座り、自分たちのいちばんの願いについて話していたとき、ゴキブリがみんなの前に立った。

ゴキブリは咳ばらいをして言った。自分のいちばんの願いは、いちばん美しいどうぶつを決めるビューティーコンテストが開催されることだ、と。

自分はそのコンテストに参加して優勝する――まちがいなくそうなる、とゴキブリは言った。

どうぶつたちは目を見開いてゴキブリを見つめた。笑うどうぶつもいた。ビューティーコンテスト？ それに参加する？ ゴキブリが？ ゴキブリのどこが美しいだろう？ あご？ 声？ 這い方？ どれも同じくらい醜かった。いちばん醜いどうぶつを決めるコンテストなら、たやすく勝てるだろう。それこそ、まちがいない。

ゴキブリはみんなの意見は気にせず、コンテストがどんなふうか、語って聞かせた。

世界じゅうから、自分がいちばん美しいと思うどうぶつたちが森にやってくる。オコジョ、シロフクロウ、クジャクチョウ、フラミンゴ、ヒョウ……。

全員がそろうと、それぞれ胸の高鳴りを感じながらまわりを見渡す。自分がいちばん美しい、とみんなが思うだろう。ぼくだ、ぼくだ、と。自分ほど美しくないほかのどうぶつたちを気の毒そうに見るだろう。

そこで大きな声が森に響き渡る。世界じゅうに聴こえる声だ。

「それではコンテストの結果を発表します。特別賞が二件、ワラジムシとヒゼンダニに贈られます。どちらもすばらしいどうぶつで、それほどちがいはありません。ワラジムシ、心からおめでとう。石の下からはるばるここまで来てくれたことに敬意を表し、特別賞を贈ります。そしてヒゼンダニも心からおめでとう。キミはすばらしいどうぶつです。審査員はキミの美しさに本賞をあたえるべきではないか、長く考えました。特別賞の名誉をお喜びください。ではいよいよ本賞の発表です。三等賞はハサミムシ。なんてすばらしいどうぶつなんだ！　おめでとう。我々はみなキミのことを誇りに思います。キミは我々全員の手本だ。その高貴さがキミの進歩を促している。そして二等賞はトコジラミ！　なんという優美さ、気品、様式美を示していることだろう。キミの雰囲気全体はシンプルそのものだというのに。心からおめでとう。キミはなんとも魅惑的などうぶつだ。我々はキミのことを大切に思っています。さあ、それでは一等賞、いちばん美しいどうぶつは……」

　そこでしばらく静かになる。司会のどうぶつがちょっと間をおいて、観客のどうぶつたちが息をのむ。それから司会が先をつづける。

「いちばん美しいどうぶつは……その純然たる美しさで我々全員を圧倒し、仰天させた、唯一の、正真正銘の……ゴキブリ！」

　驚きの叫び声が上がり、オコジョやシロフクロウ、クジャクチョウ、フラミンゴ、ヒョウ、そのほかの自分がいちばん美しいと思っていたどうぶつたちは逃げていくだろう。しっぽを巻いて、あるいはガックリと翼を垂らして……。

　ゴキブリは興奮して声がかすれ、全身を震わせて話をつづけた。

　でも、残っているどうぶつたちはゴキブリに祝いの言葉をかけるだろう。「おめでとう、ビューティー！」そう叫ぶだろう。「キミは息をのむほどに美しいよ！」そしてみんなはゴキブリの肩をたたくだろう。だれもゴキブリの美しさにはかなわない、と認めるだろう。いまやっとわかった。自分たちの目は節穴だったけれど、もうそうではなくなった。

ゴキブリは黙り、まだしばらく立っていた。なにかを期待しているように。それから踵を返し、灌木の茂みに這っていった。

「ぼくはほんとに美しいんだけどな……」そうつぶやきながら。

コガネムシ

コガネムシが戸棚を覗くと、なにも入っていなかった。

なぜこの棚は空っぽなんだ？　コガネムシはため息をついた。なんという質問！　ぼくが戸棚のなかのものをすべて食べてしまったからに決まってるじゃないか！

コガネムシは戸棚を閉めて、テーブルに向かって座った。

ぼくは失望している、とコガネムシは思った。だれに？　ぼく自身に。ほかのだれでもなく。

自らの失望についてコガネムシは考えた。失望には四種類ある。〈軽い失望〉〈ふつうの失望〉〈深刻な失望〉〈ひどい失望〉の四種類。

ひどい失望——それがいまだ、と思った。甘いものがものすごく食べたいのに戸棚が空っぽで、ほかのどこにも——ベッドの下や棚の上、カーテンのむこう、家の裏の秘密の収納庫にもなにもないということ。

深刻な失望——それは戸棚が空っぽだけれど、家のなかにはまだなにかあること（どこだったか覚えていなくて、長く探さなければならないにしても）。

ふつうの失望は、戸棚は空っぽでもいまはまだ甘いものが食べたくないこと（あとで食べたくなるだろうけれど）。

軽い失望——それは戸棚にまだなにか入っていること（思っていたよりは少ないけれど）。

コガネムシは頭を両腕にのせて目を閉じた。

いずれにしても、戸棚が空っぽであることはぼくを失望させる。それは第一に、ぼくが戸棚に入れておいたものが少なすぎたから。第二に、すべてを食べきるのが速すぎたから。第三に、ほかの場所になにも隠しておかなかったから。第四に、ぼくが甘いものが好きだから。なぜほかのなにかを好きじゃないんだろう？　酸っぱい草とか、苦い樹皮であれば、外に出るだけで手に入るのに……。

コガネムシは立ち上がり、窓を開けてさわやかな朝の空気を吸いこんだ。

ぼくはいま、軽く失望している。家のなかで甘いもののことを考えていて、森を歩いていないことに。でも深刻には失望していない。い、ま外に行くからだ。

コガネムシはコートを着て外に出た。

ドアの前の灌木の茂みをかきわけて進み、野生のタイムと樹脂の匂いを嗅いだ。

二歩左に進むと二歩右へ、木とトゲのある茂みを避けながら、森を歩いた。

いま自分を陽気に調整しよう、とコガネムシは思った。軽い陽気に。

おかしな考えだと思ったが、走りはじめた。一直線に前に向かって。行き先はどこでもよかった。

今度はうんと陽気に調整しよう！　ひどく陽気に！

「わーい！」コガネムシは叫んだ。だれにも聴こえなかったが、望むところだった。

そんなふうにコガネムシは走っていた。もしいちばんの願いがあったとしたら、それはもう二度と失望しないことだったろう――軽い失望も含めて。

カエル

カエルのいちばんの願いは、一度でいいからだれもが立ちどまって耳を澄ますほど大きくきれいにケロケロ鳴くことだった。

秋の冷たい朝のことで、川岸の葦のあいだのハスの葉に座っていた。木々のあいだに靄《もや》が立ちこめ、時折、さほど離れていないところからサンカノゴイの声が聴こえてきた。

ゾウはナラの木の真ん中の枝に立ち止まり、どこに向かっていたのか忘れてしまうだろう。クジラは海の中央で背中の噴水を止めて、耳をそばだてるだろう。カワカマスとコイは水面から顔を出して、互いをどう思っているか考えるのをやめるだろう。カブトムシは感涙にむせぶだろう。バイソンは草原でスピードを落として振り向き、だれがこれほど正確に美しくケロケロ鳴いているのか見るだろう。カタツムリはカメを招待して、意見のちがいは置いておいていっしょにカエルの声を聴き——カタツムリの表現を借りると——自分たちを美しさで豊かにしようとするだろう。アブラムシは羞恥心を振りはらって外に出て「なんてきれいなんだ！」と叫ぶだろう。ナイチンゲールは首を垂れて、カエルが自分より優れていることを認めるだろう。モグラとミミズは息を止めて、よく聴こえるように耳を地面の裏にあてるだろう。ヤマアラシは賛同するようにブーブー鳴いて、前脚で地面をひっかくだろう。クマはハチミツケーキを焦がしてしまうだろう。ムカデは靴を脱いで、すべての足をテーブルにのせて夢見心地になるだろう。キリギリスは店を閉めて、ドアのまえの草の上に座って聴くだろう。ヒキガエルはふたたび怒る理由はなにもないことにようやく気づくだろう。リスは家の横のブナの木の幹にもたれ、目をぎゅっと閉じて思うだろう。やっとわかった、これこそがぼくのいちばんの願いだったんだ、と。アリはその横に座り、これほど美しいものが存在するとは知らなかった、と認めざるをえないだろう……。

カエルは長いあいだ座って、自分が知っていて、聴いてくれるはずのあらゆるどうぶつたちのことを考えていた。

あるいは、とそこで思った。小さな声でケロケロ鳴くほうがもっといいかもしれない、と。だれにも聴こえず、かつてケロケロ鳴かれたなかでいちばんきれいだと自分だけが知っているほうが。目に涙があふれ、鼻もつまってそれ以上鳴けなくなるくらいきれいに。

カエルにはわからなかった。

サンカノゴイはまたなにかわからないことを叫んだ。おそらく「近寄るな」という意味なのだとカエルは思った。靄は晴れ、川沿いの木々のてっぺんのむこうから太陽が姿を見せた。

カエルはごくふつうにケロケロ鳴くことにした。平凡で、もう何千回も鳴いたのと同じだけれど、けっして飽きることのない鳴き方で。咳ばらいをして鳴きはじめた。いちばんの願いはまたいつかべつの機会に叶えることにして。

ケープハイラックス

ある日、奇妙な訪問者がケープハイラックスの家のドアを叩いた。知らないだれかで、まだ一度もだれかを訪ねたことがない、と言った。だれかに出会ったことさえもないのだそうだ。ぼくたちはみな一匹狼だけれど、これは正真正銘の一匹狼だ。ケープハイラックスはどんな訪問になるか、興味津々だった。

一匹狼は古くて皺だらけのコートを着ていて、髪と背中のトゲ、触角は乱れていた。部屋に入ってすぐにテーブルにつまずいたので、カップと皿が床に落ちて割れてしまった。

なにかをひどいと思わないでいるよい機会だ、とケープハイラックスは思った。いつもいろんなことをひどいと思いすぎだと自分で思っていたからだ。

一匹狼は座ったが、すぐにまた立ち上がった。「どうだろう……」そう言うと、両腕を伸ばして飛び上がり、天井に届くかやってみた。五回目に届くと、また座った。

変わった靴を履いているのが見えた。

「なんていう靴？」ケープハイラックスは訊いてみた。

「ミュールです」一匹狼は言って、脱いだ。「差し上げてもいいですよ」

「いや、けっこうです」ケープハイラックスは言った。

一匹狼はお茶をことわり、ふたたび立ち上がると椅子をつかみ、床に叩きつけて壊した。

「なにするんですか？」ケープハイラックスが訊ねた。

「愛撫です」一匹狼は言った。「愛撫したんですよ」この椅子のことが大好きだった、壊れたことでますます好きになった、と。

すべての壊れているものを愛しているのだそうだ。

今度はテーブルの上に頭で倒立してたおれ、床の上にどさっと落ちた。

「いたっ」一匹狼は言った。

「お怪我なさいましたか？」ケープハイラックスが訊いた。

「多少は」一匹狼が答えた。

一日の終わりに一匹狼は帰っていった。二度ともどってこない、と言って。「それがお互いのためだから」

「だれかべつのどうぶつのところに行くんですか？」ケープハイラックスは訊いた。

一匹狼は肩をすくめた。

「行くとしたら、二度目の訪問になりますね」

だが一匹狼は、ケープハイラックスの家への訪問は訪問のうちに入らない、と言った。

「なぜですか？」

「お知りになりたいですか？」

「いや、けっこうです」ケープハイラックスは答えた。どんな答えであっても、この訪問、いままでもっとも奇妙な訪問、ケープハイラックスに言わせればもっと奇妙であってもよかった訪問を穢《けが》すことになる、と思ったからだ。

森に消えていく後ろ姿を見送りながら、ケープハイラックスは思った。名前を訊くのを忘れていた、と。今後、知ることはけっしてないだろう。

ケープハイラックスは一匹狼の置いていったミュールを戸棚に仕舞い、部屋を片づけた。奇妙な気持ちにとりつかれていた。きっとこれからずっと一匹狼のことを考えつづけ、次第にいっそう強く、もう一度、訪ねてきてほしいと思うだろう、と。

でもそうならないということはわかっていた。

あるがままに満足して、願いは抱かずにいよう――ケープハイラックスはそう思った。

カラス

オレのいちばんの願い？　カラスは考えた。それはあいつらに、オレのことを信用していない、と認めさせることだ。オレをつかまえてクリッピングしてやりたいと思っている、と。そうだ、それがあいつらのいちばんの願いなんだ。オレをクリッピングすること。そう手紙に書いて送りあってるはずだ。ぼくがやりたくてたまらないこと、なんだと思う？　なんなの？　カラスをクリッピングすることだよ。そうなんだね、ぼくもだよ。いっしょにやろうよ、と。そしてあいつらがそれをやりはじめて、オレがクリッピングとはどういうことか、訊ねたら――オレはまだ知らないのだから――オレのことをあざけり笑ってこう言うんだ。すぐにわかるよ、カラス。それからあいつらはオレをクリッピングする（それがなんであろうと）。いずれにせよ、なにかとてもひどいことにちがいない。そしてクリッピングしたオレを置き去りにするんだ。そのあとでオレのそばを通ったら、指さして言うだろう。見て、クリッピングされたカラスだ。そしてオレに訊くだろう。なんで飛んでいかないの？　飛ぶ勇気がないのって。それから互いに見つめあって、こう言うんだ。カラスの話をしようか？　うん、話して。そしてオレについて、声に出して言うのがはばかられるようなひどいことをささやく。そして頭を振って言う。信じられないね。ほんとうに？　うん、ほんとうなんだ。そうか、だとしたらカラスはクリッピングされただけで、もっとひどいめにあわなかったことを喜ぶべきだね。おい、カラス、とあいつらは叫ぶだろう。ぼくたちみんなで、キミをどんなめにあわせられると思う？　羽をむしるって聞いたことある？　ないの？　さばくっていうのは？

　カラスはそうしてシナノキのいちばん下の枝にとまっていた。時折、だれかが下を通りかかり、一瞬、立ちどまって言った。「こんにちは、カラス」そして親しげにうなずいて歩いていった。

　カラスはうなずき返して思った。はいはい、こんにちは、カラス、とな。親しげなふりならオレにもできる。だが実際のところは……あいつらの頭のなかを見ることができたら、こう思っているのがわかるだろう。見て、またあそこにとんでもないカラスがいるよ。ぼくたちはもっとずっとひどいめにあわせてやるべきだ。焼いて、食卓に出して、むさぼり食うんだ……。

それがオレのいちばんの願いだ、とカラスは思った。あいつらの頭のなかを覗いて、口に出しては言わないけどオレについて思っていることを見るのが。そしてカラスは飛びたち、カラス以外のだれも行くことのない、森のいちばん暗いところに消え去った。

ザリガニ

　だれもがいちばんの願いをもっている、と聞いたとき、ザリガニは思った。でもオレはもっていない。オレはいちばんの願いの反対のものをもっている。ザリガニはいちばんひどいことが自分に起こってほしかった。

　それがヘンな考えなのは、ザリガニにもわかっていた。

痛み、とザリガニは考えた。いまオレが痛みをもっているとしたら……腰痛とかハサミ痛などのふつうの痛みではない。そのような痛みよりひどくて、種類のちがう痛み。

　ザリガニはテーブルにむかって座り、両ハサミに頭をのせた。痛みというものが大きらいで、痛みよりもひどいなにかを想像してみようとした。火。家が燃えて、自分はまだ家のなかにいる。熱で真っ赤になって。ベッドとテーブル、椅子が燃えている。それよりももっとひどいこと。どうぶつたちが自分の家のまえを歩いて、こんな会話をする。「ここにだれが住んでるか、知ってる？」「知らない」「存在するなかでもっとも忌まわしいどうぶつ」「だれのこと？」「ザリガニだよ」「たしかに、ザリガニだね！　早く通り過ぎようよ」「でもほんとうはザリガニを助けるべきなんじゃない？」「どうやって？」「慰めるんだよ。だってあれほど忌まわしいなんて、なんとも気の毒じゃないか」「ああ、それはそうだ」「なかに入る？」「うん、それがぼくたちどうぶつの義務だ」

　ザリガニはあまりにも強くテーブルをはさんだので、はずれた木のかけらがハサミについていた。

　そしたらあいつらが家のなかにはいってきて、オレを慰めるんだ。「すごく辛いの？　ザリガニ。もう生きてるのがいやになった？　実際、生きるのは大変だからね。ほら、ぼくたちの腕に飛びこんでごらん。キミはとってもやさしいんだよ」そしてオレの肩を抱いて、ささやく。「もう、ザリガニちゃんったら……」オレがハサミでおもいきりはさんで針やウロコ、ツノ、そのほかのなんであろうと粉々にすると、そいつらは呻いてこう言う。「いまのキミはもっとやさしいよ！　ザリガニ」そうしてオレのハサミのなかで気を失うんだ。

　これ以上ひどいことは想像できなかった。

　ザリガニはテーブルの残骸を窓から投げ捨てた。

　春の暖かな日のことで、遠くでツグミが鳴いていた。家のまえを歩きながらおしゃべりしてい

るどうぶつたちの声が聴こえた。ザリガニの話はしていなかった。
一筋の涙がザリガニの頬をつたった。よかった、とザリガニは思った。

コオロギ

コオロギのいちばんの願いは、毎日が誕生日であることだった。きのうは誕生日、今日も誕生日、明日もまた誕生日。誕生日でない日はもはや一日たりともない。

誕生日パーティーのあとにベッドにはいる自分を想像してみた。プレゼントに囲まれ、ベッドの横の小さなテーブルの上に置かれていたケーキをもう一切れ、食べる。開けた窓から部屋に射しこむ月光に、倒れた椅子、ランプの破片、真っ二つに割れたテーブル、玄関のドアの残骸が見える。伸びをして眠りに落ち、翌朝は叫び声に起こされる。「コオロギ！　お誕生日おめでとう！」コオロギは「ああ、そうだったね！」と叫びかえして、ベッドから跳ね起き、あたらしいプレゼントをもらうのだ。帽子、コート、椅子、ソファ、あたらしいランプ、ブラシ、ほうき、スリッパ、そのほかにもたくさん。焼きたてのケーキをもって駆けつけるどうぶつたちもいる。コオロギがまだ食べたことのないフルーツ入りのケーキ。また笑い声が響き、みなが踊りだす。

夜、ふたたびベッドにはいるまで、お祝いは一日中、つづく。その夜は屋根がなくなっている。ベッドのまわりには向こう側が見えないほどうずたかくプレゼントが積まれ、両サイドに夜中に食べるよう、ケーキが二個、置かれている。眠りに落ちて、翌朝、目を覚ますと……。

　森を歩きながら、コオロギはクロウタドリが歌うのを聴き、樹皮とエニシダの匂いを吸った。一日に二回、誕生日なのはさらにいい。どうぶつたちが笑いと踊りに疲れたらいったん帰り、またすぐに長いあいだ灌木の茂みに置いてあった新しいプレゼントをもってもどってきて、叫ぶ。「コオロギ！　お誕生日おめでとう！　またキミの誕生日でぼくたちとっても嬉しいよ。待ちかねてたんだ。はい、これどうぞ」どうぶつたちはコオロギを自分たちのプレゼントで埋もれさせ、胴上げし、あまりの楽しさにまだ壊せるものはベッドも含めてすべて壊してしまう。もはや眠ることもなくなる。寝たいと思ったとたん、サイやゾウ、アリ、リス、イタチ、ムカデ、ツグミたちがふたたび押しかけてくるからだ。クジラとサメまでも、どうやってここまで来たかわからないけれど来ている。どうやって来たかはどうでもいい。肝心なのは誕生日だということ。誕生日なのはコオロギ――みんなの友だちで、それを祝うのだ。毎日、毎時間……。

　夏のある朝、森を抜けて川に向かって歩いているとき、コオロギにはそれがいちばんの願いだった。ヤナギの下の草の上に座ってきらめく波を見よう――リスとそう約束していた。もう少しでコオロギの誕生日だった。

クラゲ

河口からさほど離れていない海辺で、クラゲは打ち寄せる波に身をまかせていた。

自分は取るに足らない存在だ、とクラゲは知っていた。ある日、長い旅のあと、海辺で舟からクラゲの横に降りたったアリがそう言っていたのだ。アリは高貴さをかもし出すのがなんであるかも説明した。脚、翼、鰭《ひれ》、角、甲羅、嘴《くちばし》、尻尾、枝角、角笛、触角、牙……まだまだたくさんある。クラゲはそのどれももっていなかった。

クラゲという名前も高貴さに欠ける、とアリは言った。そして、少し離れたところの水中で、たがいに話をしているアカハシネッタイチョウとオオキアシシギを指さした。名前からして高貴さにあふれている、と。

だがクラゲはずっと前から決めていたのだ。高貴さなんて、まったくもって自分の暮らす潮水くらいどうでもいいものだ、と。

「好きなようにやってくれよ！」嵐で波たちが自分をもみくちゃにし、まるでだれがいちばん強く投げられるか、競争するように自分を投げあっているとき、よくクラゲはそう叫んだ。

もしぼくが家をもっていたら、ベッドの上の壁に書きたいところだ。〈好きなようにやってくれよ〉と。

だがクラゲは家をもっていない。ベッドなんてもちろんなくて、もっているのは水と空、砂だけだった。

でもその夜、暗くなり、空に星々が輝き、凪《なぎ》の海を行ったり来たり漂っているとき、クラゲは思った。ぼくにも願いがある。たったひとつだけの願い、ただそれだけでいい。その願いは、いつでもかならず波がある、ということだ。

クラゲはほほ笑んだ。自分の願いがすでに叶ったのがわかっていたからだ。波はいつでもあるのだから。海、空、時間……それらはすべて、いつでも波打っている。

クラゲは波に身をまかせて揺れ、しあわせだった。

ナマケモノ

ナマケモノは自分で覚えているかぎりずっと森の真ん中のニワトコの枝に、逆さまにぶらさがっていた。ドアと部屋、ベッドのある家を建てる時間はなかった。かつて一度もなにかをする時間がなかったように。なにかをするとかならず睡眠が削られてしまう。

たまたま目が覚めていると、どうぶつたちが歩いてくるのが見えた。なかには走ってくるどうぶつもいた。急いでいるようだ。ナマケモノには急ぐということがわからず、急いでいるどうぶつを見るだけで疲れてしまった。ナマケモノが知っている〈急ぎ〉は一種類のみで、それはなるべく早く眠りに落ちる、というものだった。そのために走る必要はなく、ただ目を閉じるだけでよかった。そうすれば自然と眠ることができた。

ナマケモノは怠け者ではなかった。眠ることは怠けることとは別だから。もしかしたらその逆かもしれない。ほんとうはネムリモノという名前のほうがいい、と思っていたが、それをどうぶつたちに知らせるのは面倒すぎた。

時折、だれかが上にむかって叫んだ。「こんにちは、ナマケモノ！　元気？」するとナマケモノはだいぶ経ってから言った。「元気だよ」それからあくびをした。そのたまたま通りかかったどうぶつがまだなにか訊かないように。それでもまだ心配して、病気なんじゃないかとか、どこか痛くないかなどと訊いたら、「痛みはないよ、あるのは眠気だけ」と答え、そのどうぶつは去っていった。

お客が来ることはなかった。午後じゅう、あるいは一晩じゅう、葉の生えていない枝に座って、お茶ももらえず、なにも経験したことがないどうぶつと過ごしたいとは、だれも思わないからだ。訪問のあいだじゅう黙ったままで、せいぜい片目を開けるだけ、お客が帰るときに「さよなら、えっと……」と言うだけのどうぶつと。

自分の誕生日を祝うこともなかったし、受け取った手紙は読まれることなく地面に舞い落ちた。

ナマケモノがもっとも怖れているのは、いつか「もう十分に眠った」となることだった。そうなったら、なにかをしなければならなくなってしまうから……もしかしたら、そのときこそほんとうの怠け者になるかもしれない！

その怖れは、たまに珍しく起きていて、ニワトコの葉を少しずつ齧っているとき、突然わき起こった。だが目を閉じて、また一週間あるいは一年間つづけて眠ろうと決めると、同じくらい早く立ち消えた。

起きているのはなんと無駄なんだろう……眠りに落ちる前のさいごの考えはいつもこれだった。

どうぶつたちはナマケモノを好きなだけ寝かせておいた。自分たちが誕生パーティーやお茶、冒険を激しく求めるように、ナマケモノは眠りを激しく求めるのだろうと思って。

こうしてナマケモノは日がな一日、夏も冬も、何年もつづけて枝にぶらさがって暮らした。

いちばんの願いがなんであるか、ナマケモノに訊ねてみる必要はなかった。一目瞭然だったから。

マンモス

マンモスはどこか遠くの草原の、半分凍った地面の下に横向きに寝ていた。すでに一万年嚙んでいる干し草を口に入れて。まだ飲み込む勇気はない。飲み込んでしまうと、もうほんとうになにもなくなってしまうからだ。

時折、自分と同じように絶滅したどうぶつたちからメッセージを受け取ることがあった。絶滅はどうぶつにとってもっともひどいことだ、とみんなの意見が一致していた。

マンモスは眠ってはいないが、起きてもいなかった。絶滅しているのはそのどちらともちがう、とマンモスは思った。眠っていたらいいのに。起きているのでもかまわない……。

自分のいちばんの願い——もはや絶滅していないこと——が突如、叶うところを想像してみた。そうなったときの自分の状態は〈返滅〉と呼ぶことにしよう。与えられたものを返すことができるような感じで。

自分が森を歩いているところを想像してみた。どうぶつたちは互いを突《つつ》きあっている。

「あそこを歩いてるの、だれだか知ってる？」

「知らない」

「マンモスだよ」

「絶滅したと思ってたけど」

「ぼくもそう思ってた。でもどうやらそうじゃなくなったようだね」

「うん」

「マンモスを招待しようか？」

「お茶でもどうって？」

「うん」

「いいよ」

　どうぶつたちはマンモスに近づいてきた。

「こんにちは、マンモス。キミに会えるとは、なんととくべつなことだろう！　ぼくたち、キミは絶滅したと思ってたんだ」

「絶滅してたんだよ」マンモスは言った。「でも返滅したんだ」

「賢いね。よかったらお茶でもどう？」

　そうしたら、そのどうぶつたちのところでお茶を飲むんだ、とマンモスは考えた。翌日にはすでにみんな、ぼくが絶滅していたことを忘れていて、ぼくは世界でいちばん平凡などうぶつになる。「マンモス？　あのありふれたどうぶつ。呆れるくらいに……」ぼくのことをどうぶつたちはそんなふうに話すんだ。みんなの誕生日をいっしょに祝おう。ぼく自身が誕生日になったら、願いはただ一つ。もう二度と絶滅しないことだけ。「いいよ」とみんなが言って、ぼくが自分でつくった新鮮な干し草のケーキを食べるんだ。玄関のドアにはこう書こう。〈(かつて絶滅していた)マンモス〉と。森や海、砂漠のあちこちに〈絶滅禁止〉という看板が立ち、だれもがそれに従わなければならない。絶滅は過去のものとなる。それがぼくのいちばんの願いだ、とマンモスは思った。

マンモスは一本の干し草を噛んだ。眠ることも起きることもできずに。だがマンモスにも願いを抱くことはできた。ただ一つの願い。一万一年目の誕生日に。

テン

だれもがいちばんの願いをもっている。どうぶつたちは出会うたびに訊ねあった。

「いちばんの願い、もってる？」

「もちろん」

「もう叶った？」

「まだだよ」
「ぼくのもまだなんだ」
「いつ叶う？」
「近々」
「ぼくのもだよ」

そうしてどうぶつたちはまた歩き出すのだ。いちばんの願いがいますぐにでも叶うだろう、と期待に胸をふくらませて。

テンもいちばんの願いをもっていた。しかもとてもとくべつな、ほかのだれももっていない願いだった。

だがある朝、テンは自分の願いを忘れてしまっていた。

ベッドから体を起こして座ったテンのひたいに、シワができた。自分のいちばんの願いを全力で思い出そうとした。

誕生日に関することだったんじゃないか、とテンは思った。ちがう。ケーキに関すること？ちがう。訪問に関すること？　新しいコート？　旅？　リス？　夏？　ダンス？

テンは森に入り、出会ったどうぶつたちにいちばんの願いを訊いてみた。もしかしたら、自分の願いがだれかの願いに似ているかもしれないと思って。

どうぶつたちはいちばんの願いを教えてくれたが、どれひとつ、テンの願いに似ているものはなかった。

テンはパーティーを開いて陽気にやることにした。逆立ちをして、だれもまだ歌ったことのないもっともヘンな歌を歌うのだ。そうしたら、いちばんの願いを思い出すかもしれない。

パーティーにはみんながやって来た。どうぶつたちが参加したことのあるパーティーのなかでもっともワイルドなパーティーだった。テンは長いあいだ逆立ちをして、天井を逆さまに歩き、奇妙で耳障りな歌を歌った。お客たちがかつて聴いたことのあるどんな歌にも似ていなかった。

どうぶつたちは、このパーティーか歌を歌うことがテンのいちばんの願いだったのかもしれない、と思った。でもそうではなかった。

みんなが家に帰り、椅子やテーブル、棚やベッドを元どおりに立てながら、テンはまだ自分のいちばんの願いがなんなのか、わからずにいた。もしかしたら二度と思い出せないかもしれない。

ベッドに横たわったテンは天井を見つめた。ぼくの願いはあまりにもとくべつだから、思い出すことが不可能なのかもしれない……。

テンは目を閉じて思った。それでもぼくはいちばんの願いをもってるんだ！　それだけはわかっていた。

アリ

ある朝、リスがほかのどうぶつたちとおなじように、自分のいちばんの願いはなんだろう、と考えていると、手紙が届いた。

親愛なるリス

キミと一度、真剣に話しあわなければならない。

明日、会おう。

アリ

何度か手紙を読み返したリスは、心臓がドキドキするのを感じた。いちばんの願いのことは忘れていた。

真剣に話しあう、とリスは考えた。アリがぼくと真剣に話しあわなければならないって……。

アリが自分に言うであろうことをあれこれ想像してみた。

アリはぼくのことをひどいと思っているにちがいない。そう正直に話すつもりなんだ……もうぼくとは一切、関わりたくないのだろう……アリのいちばんの願いは、ぼくを忘れることなんだ。

リスは落ち着きなく部屋のなかを歩きまわり、ベッドに横たわり、またすぐに跳ねおきて、窓を開けては閉め、椅子を逆さまに置いて、また元にもどし、外に出て、何時間も森を歩いた。途中でだれかに会ってもなにも言わずに。

その夜、リスは眠れなかった。明日、アリがぼくと真剣に話しあいに来る、と思って。目を閉じると、カバとサイが真剣にいっしょに踊る姿が浮かんできた。カエルは真剣にケロケロ鳴き、ゾウは真剣にナラの木のてっぺんから落ち、クマはかなり苦い真剣なケーキを食べていた。

アリの姿は浮かんでこなかった。アリは準備万端で待機しているのだろう。真剣に跳びかかるために。真剣なかぎ爪でぼくめがけて跳びかかれるように……。

「やめて！」リスは何度か叫び声を上げた。自分が眠っているのか起きているのか、わからなかった。

翌日、アリがやって来た。

アリとリスはお茶を飲み、リスはもっともとくべつな機会のために取っておいた最高においしいハチミツをテーブルに出した。アリは味見をして、認めるようにうなずいた。

そこでリスが切り出した。「アリ……」

「なに？」アリがハチミツを頬ばって言った。

「手紙をくれたでしょ」

「そうだったっけ？」

「うん。ぼくと真剣に話しあわなければならないって書いてあった」

「そうだね、でもいまじゃない。いまはそれにふさわしいときじゃないから」

「でも、なんについて話しあうの？」リスは詰め寄った。いまどうしても知っておきたかったのだ。

アリは肩をすくめて、食べつづけた。

「キミがそう書いたんだよ……」リスは言った。

「おいしいハチミツだね、リス」アリは言った。「こんなおいしいハチミツをもってたなんて、知らなかったよ」

リスはそれ以上、訊くのをやめた。

アリはハチミツのビンにもぐりこんだ。「もっとあるの？」後ろ脚をビンから突き出したアリがそう言うのが聴こえた。

リスは返事をしなかった。

ハチミツが空っぽになると、アリは家に帰っていった。

リスはアリが木々のあいだに姿を消すのを見ていた。真剣そのものの考えで重くなった頭を前に屈めて。

あたりは暗くなり、雨がしとしと降りはじめた。

リスは家のなかに入った。アリは謎だ、とリスは思った。ぼくはちがう、ぼくはせいぜい答えにすぎない、と。

ノウサギ

夏の終わりのある日の午後、ノウサギは家のまえのベンチに座って、自分のいちばんの願いはなにか、考えていた。

ぼくは、とノウサギは考えた。ひたいに深いシワが寄っていた。すべてが元とはちがうようになるのがいい。それも完璧に。

その瞬間、遠くからドサッという音とはげしい叫び声が聴こえてきた。ほかにはなにも聴こえなかった。

ゾウだ、とノウサギは思った。すべてがちがっているとしたら、あれはゾウではなくカバだ。そしてカバは下ではなく上に落ちて、「わーっ！」ではなく「つーゎ！」と叫ぶ。地面に落ちたら、頭にたんこぶではなく窪みができる。夏ではなく冬で、カバは呻かずに歓声をあげる。それ

もヒバリのようにではなく、カブトムシのように。

ノウサギは後ろにもたれた。遠くでツグミが鳴いているのが聴こえていた。

すべてが元とちがうなら、歌っているのはツグミではなくイカだ。

ノウサギは眉をしかめた。イカ？　いったいどこから突然、イカがやって来るのか？　イカがシナノキのてっぺんで鳴く様子を想像してみようとしたが、うまくいかなかった。すべてが元とはちがうことは可能であっても、極端にはちがわなくていい。〈ちがう〉ことにも限度というものがある。

ノウサギは姿勢を正して座った。どこまで考えたっけ？　そうだ、イカだった。イカではなくカエルにしよう。カエルはケロケロ鳴かずにさえずる。そして木の上ではなく地下で。地下ではなく地上で。地上ではなく空中で。

太陽が木々の枝のあいだの低いところから射し、ノウサギはめまいがした。

ぼくはめまいがするのではなく、その逆だ。そう考えたものの、めまいがすることの逆がなんであるか、わからなかった。

ノウサギは疲れてしまった。いや、疲れてない！　逆にすっかり疲れがとれてる！

そこでノウサギは立ち上がった。いちばんの願いなんてなくなっちゃえ。ノウサギは家のなかにはいり、家の外に出た。「ダメだ！」ノウサギは叫んだ。もうこれ以上つづけられなかったから。だがノウサギは「そうか！」と叫び、まだつづけられた。まだまだへっちゃらだった。

太陽は沈み、辺りは暗くなった。それはなにものにも妨げられなかった。願いや考え、そのほかのなにものにも。

ノウサギはよろめき、倒れ、ベッドに這っていって寝そべった。

ぼくは眠らずにあらゆることを願う——ノウサギはまちがいのないようにそう考えた。眠ることともはやなにも願わないことを、なによりも求めていたから。

そこでノウサギは眠りに落ちた。

モグラ

モグラのいちばんの願いは、一度、まだだれも行ったことがないほど深く地中に潜ることだった。

ある夜、モグラは自分の部屋の真ん中をまっすぐ下に向けて掘りはじめた。

しばらくすると、掘るのをやめて上を見た。もうとても深い、とモグラは思った。

すでに親友のミミズのことが恋しくなりはじめていた。

「ミミズ！」モグラは上に向かって叫んだ。

穴のふちに座って下を見ていたミミズが叫び返した。

「なに?」

しばらく静まり返っていた。

「ぼくの声が聴こえるの?」モグラは訊ねた。

「聴こえるよ。『なに?』って言っただろう?」

「そうだったね」

それは愚問だった。もっと深く掘ったら、愚かさがましになることをモグラは願った。もしかしたらそれが目的なのかもしれない。愚かさを突き抜けて掘る、ということが。地下の深いところに、愚かさに埋もれた賢さがあるのかもしれない。

モグラはさらに掘りつづけた。

何時間も経ち、おそらくまだだれも来たことがないほど深いところに達した。

「ミミズ!」モグラは叫んだが、返事はなかった。

もう聴こえないんだ、とモグラは思った。あるいは、もうぼくの声を聴きたくないのかもしれない。その可能性もある。ぼくだってミミズの声を聴きたくなくなるときがあるから。

しばらく考えて、モグラは顔を上に向けてできるかぎりの大声で叫んだ。「聴いてないんだろう!」なるべく憤慨しているのがわかるような声で。

ミミズに聴こえたら、いま叫び返すだろう。「聴こえてるよ!」と。あっちが憤慨するなら、

いちばんの願い

トーン・テレヘン
長山さき［訳］
●12月14日発売 1760円

63のどうぶつそれぞれに、まったくばらばらの奇妙で切実な願いがある。本屋大賞翻訳小説部門受賞、テレヘン《どうぶつ物語》最新刊！

506994-0

くらべて、けみして 校閲部の九重さん

こいしゆうか
●12月20日発売 1265円

355391-5

2023年12月新刊

「十二国記」絵師 山田章博の世界

山田章博
芸術新潮編集部編
●12月12日発売 1815円

「十二国記」の壮大な物語を麗しいイラストで彩ってきた山田章博。大人気絵師が描き出す、あまりにも美しく豊饒なる絵の世界を巡る。

335933-3

安倍晋三を葬ったのは誰か

イデオロギーが、宗教が、経済が、報道が人間を蹂躙する時代の「真実」とは何か。フェイクだらけの世界を斬る超辛口名物コラム第17弾。

12月14日発売
●1705円

30589

サルと哲学者

哲学について進化学はどう答えるか

ファルシッド・ジャラルヴァンド
久山葉子［訳］

12月14日発売
●2420円

507381-7

自己とは何か。人生に意味はあるか。何が社会の興亡を決めるか。哲学者が挑んできた永遠のテーマに、気鋭の微生物学者が切り込む。

◎著者名下の数字は、書名コードとチェック・デジットです。ISBNの出版
◎ホームページ https://www.shinchosha.co.jp

新潮社
住所／〒162-8711 東京都新宿区矢来町71
電話／03・3266・5111

*累計980万部突破の大人気シリーズ

もういちど

畠中 恵

若だんなが赤ん坊に⁉ でも、小さくなっても頭脳は同じ。子どもの姿で事件を次々と解決！ 驚きと優しさあふれるシリーズ第20弾。 ●737円 146142-7

わたし、定時で帰ります。3 ―仁義なき賃上げ闘争編―

朱野帰子

生活残業の問題を解決するため、社員の給料アップを提案する東山結衣だが、社内政治に巻き込まれてしまう。大人気シリーズ第三弾。 ●880円 100463-1

地中の星 ―東京初の地下鉄走る―

門井慶喜

大隈重信や渋沢栄一を口説き、知識も経験もゼロから地下鉄を開業させた、実業家早川徳次の波瀾万丈の生涯。東京、ここから始まる。 ●935円 104741-6

帆神 ―北前船を馳せた男・工楽松右衛門―

【新田次郎文学賞】【舟橋聖一文学賞】

玉岡かおる

日本中の船に俺の発明した帆をかけてみせる――。「松右衛門帆」を発明し、海運流通に革命を起こした工楽松右衛門を描く歴史長編。 ●1045円 129625-8

新潮文庫 12月の新刊

※表示価格は消費税（10%）を含む定価です。出版社コードは978-4-10です。

聖者のかけら

川添 愛

聖フランチェスコの遺体が消失した――。特異な能力を有する修道士ベネディクトが大いなる謎に挑む。本格歴史ミステリ巨編。 ●1155円 104761-4

計算する生命

【河合隼雄学芸賞】

森田真生

計算の歴史を古代まで遡り、先人の足跡を辿りながら、いつしか生命の根源に到達した独立研究者が提示する新たな地平。 ●693円 121367-5

ふかわワールド全開エッセイ！

世の中と足並みがそろわない

ふかわりょう

強いこだわりと独特なぼやきに呆れつつ、くすりと共感してしまう。愛すべき「不器用すぎる芸人」ふかわりょうの歪《いびつ》で愉快な日常。 ●649円 104781-2

もう一杯だけ飲んで帰ろう。

角田光代 河野丈洋

西荻窪で焼鳥、新宿で蕎麦、中野で鮨、立石ではしご酒――。好きな店で好きな人と、飲む酒はうまい。夫婦の「外飲み」エッセイ！ ●693円 105837-5

生贄の門

マネル・ロウレイロ 宮崎真紀訳

息子の命を救うため小村に移り住んだ女性捜査官を待ち受ける恐るべ 240371-6

それでもかまわない。

だが返事はなかった。

ぜったいまちがいなく、だれもここまで深く地中に潜ったことがないように、モグラはまだかなり先まで掘りつづけることにした。上にもどったら、自分の旅についてミミズに話そう。そうしたらミミズはモグラのことを〈パイオニア〉と呼ぶかもしれない。だれかに紹介するときには「ぼくの友だちのパイオニアです！」と言うかもしれない。そうしたらこう言おう。「いや、たいしたことないですよ。だれだってパイオニアなんだから」

でもそれはほんとうではない！　パイオニアは唯一の存在で、それは地下のもっとも深いところで賢さを見つけて持ち帰り、ミミズやほかのすべてのどうぶつたちと分かちあったモグラだけなのだから。

だが何時間もあとに自分の部屋にもどったとき、モグラは疲れすぎていてなにも話せなかった。その上、ミミズはほかのことを考えていて、モグラになにか訊ねることもなかった。

マーモット

ある朝、森を歩いているとき、マーモットは出くわすどうぶつみんなが陰気なことに気づいた。太陽は輝き、青空が広がり、灌木の枝には露がついていて、マーモットにはそんな日にだれかが陰気でいる理由がわからなかった。

マーモットはサイに訊いてみた。

「わからないよ、マーモット。ほんとうにわからないんだ……」サイはそう言った。マーモットが食いさがると「ほっといて」とつぶやき、目を伏せて急いで去っていった。

コオロギにもわからない。カタツムリとカメも同様だった。

カエルは黙ってハスの葉の上に座り、ゾウはぐったりとナラの木の幹にもたれて、ため息をつきながらさいごにできた頭のこぶをさすっていた。

キリンは頭を両前脚のあいだに垂らし、ミズスマシ（オランダ語では〈schrijvertje 小さな作家〉）はぼんやりとなにも書いていない池のほとりに座っていた。

クマはがっくりしたままハチミツケーキを見つめているが、手を伸ばそうとはしない。コイとカワカマスは川岸の浅瀬に黙ったまま並んで寝そべり、陰気に前を見つめていた。

ぼくは？　とマーモットは考えた。ぼくも陰気なのだろうか？　いや、ぜんぜんそうではない。

なぜだ？　もしかしてぼくは例外？

マーモットは眉をしかめた。ぼくは例外ではありたくない。とくに陽気な例外はまっぴらだ。ぼくも陰気になりたい。マーモットのいちばんの願いはほかのみんなとおなじであることだった。陽気か陰気かは問題ではない。

マーモットはひたいをこすった。でもどうやったら陰気になれるのだろう？　と考えて。

家に歩いてもどり、ドアのまえの切り株に座ると、何時間も考えた。

午後が半分過ぎたころ、あまりにも深く考えたことによって自分もようやく陰気になったのに気づいた。どこか心の奥深く、ほとんど気がつかない場所で。でも陰気なのはまちがいなかった。みんなとおなじように。それはたしかだ。例外ではない、ということだ。

マーモットは家のなかにはいって鍵をかけた。だれにも会いたくなかった。もしかしたらほかのどうぶつたちはマーモットの陰気さをほんものではないと思うかもしれないから。ぜったいにほんものなのに！　自分で発見したのだからまちがいない。

テーブルにむかって座ると、思った。今度は絶望もしてしまった、と。まだ眠るには早すぎた。はて、どうしよう？　マーモットは考えた。

ムラサキイガイ

ぼくのいちばんの願いは、とムラサキイガイは考えた。一度だけ、これまで一度も起きたことのないなにかが起きること。起きるはずがないのに、それでも起きるのだ。

ムラサキイガイは海の波打ち際の砂の上にいた。時折、波にさらわれ、ちょっと離れたところで放り出された。

「おい」間隔をあけてそう言いつづけた。「やめて」とも。だがそれが聞き入れられたことはいまだかつてなかった。

奇跡、とムラサキイガイは思った。それだ。ぼくが望むのは奇跡が起きることだ。

ムラサキイガイが貝を閉じて息をとめると、奇跡が起きた。

突然、ブナの木の高いところにある、リスの家のテーブルの上にいたのだ。夕明かりのころだった。窓は開いていて、テーブルの上のランプはそっと揺れていた。

ムラサキイガイは慎重に貝を開き、リスが座っているのを見た。

「こんにちは、リス」ムラサキイガイは言った。

「こんにちは、ムラサキイガイ」リスも言った。

ほかにはなにを言えばいいのかわからなくて、こう言った。「長居はしないよ」

「うん」

しばらくどちらも黙っていた。

「ぼくがここにいるのは奇跡だ。そう思わない？」ムラサキイガイは言った。会話が滞らないようにしなくては、と思って。

「そうだね」リスは言った。

「ぼくのはじめての奇跡なんだ」ムラサキイガイは言った。

リスはなにも言わなかった。

「キミには奇跡が起きたことがある？」

「ううん」リスは言った。

「じゃあいま驚いてる？」

「ちょっと」

それからまたしばらく沈黙がつづいた。リスはムラサキイガイにお茶を飲むか、訊ねた。ムラサキイガイはもう一度、長居はしないと言った。その心配は無用だけれど、お茶はいただきたい、と。

しばらくするとムラサキイガイとリスはお茶を飲んでいた。

「これは小さな奇跡だと思う」ムラサキイガイは言った。「大きな奇跡じゃない」

「うん」リスは言った。「ぼくもそう思う」

「よかった。大きな奇跡はぼくには似合わない」

「そうだね」

「キミにも似合わないかな？」

「ぼくにも似合わない」


リスはカップを混ぜて、アリが一度、奇跡がどのように生じるか、説明してくれたことがあった、と話した。リスには理解できなかったそうだ。

ムラサキイガイは黙って考えていた。いつかまたリスを訪問することがあるだろうか？ でもそれはありえないとわかっていた。なにかが二度、起きたら、それはもう奇跡ではなくなってしまうから。そうしたら、一度目も奇跡ではなかったことになる。

突然、ムラサキイガイはまた波打ち際の砂の上にいて、また波にさらわれ、放り出され、「おい」「やめて」と言っていた。

ネズミ

ネズミは森の空き地からさほど遠くない灌木の茂みにある小さな家に住んでいた。それはみんなが気づくことなく通りすぎるような、取るに足らない家だった。ネズミ自身とおなじくらい取るに足らない家だ。

なにか取るに足らなくないものがぼくにはあるだろうか？　ネズミはよくそう考えることがあった。ぼくの色？　灰色？　それは色じゃない。ぼくの鳴き声？　それは存在する音のなかでもっとも取るに足らない。ぼくのしっぽ？　ぼくのしっぽのどこがとくべつだろう？

ネズミにはなにも思いつかなかった。

ネズミのいちばんの願いは一度、まだだれもやったことがないことをすることだった。それによって一気に取るに足らない存在ではなくなるように。

ある朝、テーブルにむかって座り、前脚でテーブルを叩きながら考えた。英雄的行為をすればいいんだ、と突然思いついた。そうだ、そうしよう！　アリが一度、言っていた。英雄的行為は稀にしかない、と。例外的、という言葉を使っていた。アリ自身はいくつかの英雄的行為をしたことがあって、そのたびに目撃したどうぶつたちみんなに深い印象をあたえたのだそうだ。

ネズミは動きを止めた前脚を見つめて、自分にもできる英雄的行為を考えてみようとした。でもなにも浮かんでこなかった。

そのとき、遠くで「わーっ！」という叫び声がして、そのすぐあとにドスンと落ちる音がした。

ゾウだ、とネズミは思った。ひたいにシワが寄った。ぼくがゾウを受けとめたらどうだろう……ドスンと地面に落ちてケガをしないように。それこそが英雄的行為ではないか！

翌朝、ネズミは早起きをして戸口に立ち、どこかでだれかが木にのぼる音が聴こえないか、耳をそばだてた。

朝が半分過ぎたころ、ゾウが叫ぶのが聴こえた。「はるか向こう！　はるか向こうが見える！」ネズミは叫び声めがけて走っていったが、間に合わなかった。ゾウはすでにナラの木の下に呻きながら横たわっていた。

「キミを受けとめたかったんだよ、ゾウ」ネズミはゾウの上にかぶさるようにして言った。「でも間に合わなかった」

ゾウは片目を開けてネズミを見て、ささやいた。「受けとめる？　それはなに？」後頭部のこぶをさすり、鼻をまっすぐにして、立ち上がり、小声で嘆きながらよろよろと立ち去った。

翌日は間に合った。ゾウがナラの木のてっぺんでくるりとまわろうとして、つぎの瞬間、真っ逆さまに落ちてきたとき、すでにナラの木の根元で待ち受けていた。

ネズミは両腕を伸ばし、両目をぎゅっと閉じた。体が震えていた。英雄的行為のまえにはかならず身震いするものだ、とアリが言っていた。そうでなければ英雄的行為にはならない。震えているのは正しいのだ。

ゾウは大きな衝撃とともにネズミの頭のうえに落ちた。

ネズミはぺちゃんこにつぶされて、息ができないほどだった。でもちゃんとゾウを受けとめたのだ——前脚ではなく頭と背中で受けとめたにしても。

「気持ちよく落ちた」ゾウはつぶやいた。自分の下のネズミのことは見ずに立ち上がり、跳ねるようにして森に入っていった。なんでいつもこんなふうに落ちないんだろう？　そう思って、いつもとは異なり、その朝のうちにもう一本、べつの木にのぼることにした。

ネズミはナラの木の下に寝そべりつづけ、徐々に呼吸をとりもどしていった。これがぼくの英雄的行為だったんだ、と思った。アリはこう言っていた。ほんものの英雄的行為はだれにも知られないところがいいのだ、と。アリは、いちばん大きな英雄的行為をかつてしずかに、みんなから遠くはなれた場所でしたのだそうだ。でもそれがどんな英雄的行為であったかは、アリは話さなかった。だれも知らなくていいのだ。

その夜、ベッドにはいって眠るまえ、ネズミは考えた。いまでもぼくはほかのどうぶつたちにとっては取るに足らない存在だろう。でも自分自身にとってはもはや二度とそうではない、と。

スズメ

スズメは『冷静さ』という本を書いた。冷静であるべきさまざまな状況についての啓発書だ。

各章のタイトルにはこんなものがあった。

〈どうでもいい〉（木から落ちてすべてを折ってしまうことについて）。〈なぜ自分が〉（だれかが理由もなく自分を押しのけたり罵ったりしたときの怒りについて）。〈まったく気にならない〉（だれかに誕生日を忘れられたり、プレゼントをもらえなかったり、ダンスで足を踏まれたりしたとき）。〈たいしたことではない〉（家が倒壊したり、燃えてしまったり、嵐で吹きとばされたりして、自分の翼やヒレ、脚が動かなくなってしまったとき）。〈知ったことではない〉（いつもダンスのパートナーだっただれかが突然、もはや自分と踊りたくなくなり、そのだれかが踊りがうまいと思う相手と踊るとき）。〈こんなこともある〉（誕生日に自分で焼いたケーキが崩れてしまったところに、ちょうどお客がやって来たとき）。〈必要ない〉（自分がやりたくないことを勧めるのをやめず、何回も「必要だよ！」とだれかが言うとき）。

本にはそれぞれのテーマに合った表情のイラストがついていた。

どうぶつたちは本を読み、貪《むさぼ》り食いさえした。だれもが冷静でいたかったからだ。

森に大いなる安らぎが舞い降りた。

なにかを気にするどうぶつはいなくなった。だれを誕生日に招待すべきか、実際のところ誕生日を祝いたいのかわからず心配したり、眠れぬ夜を過ごしたり、心臓がドキドキしたりするものはだれもいない。自分に必要ないものをほしがることもなくなった。

スズメは自分の著作を自慢に思った。最高傑作だ、と。だが、冷静さが広まったことにより、なにかを習う必要性を感じるどうぶつはいなくなってしまった。

すぐにスズメは朝、だれかがやって来ないか家のまえで待ちぶせて、どんな内容でも無料で講座を受けることを勧めるようになった。

だが家のまえを通りかかっただれかをつかまえて、白昼夢や空中楼閣に関する講座や、どこにも行かないこと、太陽を楽しむことについての講座もあると言うと、すべて習得済みだと言ってほほ笑みながら通り過ぎていくのだった――まさしくスズメの本で習ったとおり、冷静さを失わずに。

あの本を書くべきではなかった……最終的にスズメはそういう結論に達した。

いちばんの願いは自分自身が冷静さを身につけることだった。

だがそれが――みんなのなかで唯一――スズメにはできないのだった。

イッカク

イッカクは海のはずれの冷たい場所に住んでいた。だれかが訪ねてくることはほとんどなく、自分から訪ねることもなかった。

ある日、だれかに呼ばれた気がした。「イッカク！　イッカク！」名前だけを二度。「イッカク！　イッカク！」と。

イッカクは叫びかえした。「なに？　どうしたの？」

でも、新たな呼びかけはなかった。

だれがぼくに用事があるんだろう？　あるいはだれかがぼくのなにかを知りたいのか？　ぼくの牙について？　嵐？　流氷？　それともぼくを招待しようとしているのか？

さいごの考えでからだが熱くなり、イッカクは氷山か高潮のうしろに隠れたくなった。

イッカクはどうぶつたちに手紙を書いた。

親愛なるどうぶつたち

キミたちのだれがぼくを呼んだの？
はっきり聴こえたんだよ。「イッカク！　イッカク！」って。

イッカク

何百通もの手紙が返ってきて、こう書かれていた。

親愛なるイッカク

ぼくじゃないよ。

でも一通だけ、小さな自信なさそうな文字でこう書いてあった。

親愛なるイッカク

ぼくだよ。ぼくがキミを呼んだんだ。

その手紙は途中で波すれすれに飛び、波の頂《いただき》を越えてきたのだろう。下に書かれていた名前は濡れて読めなくなっていた。イッカクは手紙を自分の長い牙に突き刺して、目のすぐ前にもってきた。でも送り主の名前を解読することはできなかった。

午後のおわりにイッカクはクジラのところに泳いでいった。クジラは手紙をよこさなかった。呼んだのは自分ではない、とクジラは言った。なにか訊きたければ訪ねていくから。

「でもじゃあ、だれだったんだろう？」イッカクは訊いた。「だれだと思う？」

クジラは肩をすくめて言った。「いろんなことが叫ばれるからね」

イッカクはクジラに礼を言って、自分の住む海の片隅にもどっていった。

もしかしたらぼくの聞きまちがいだったのだろうか？ イッカクは考えた。だれかが「ヒッカク！ ヒッカク！」あるいは「イッパグ！ イッパグ！」と叫んで、そういう名前のどうぶつがいるのだろうか？ ヒッカクとイッパグが。そんなどうぶつたちのことは聞いたことがなかったが、だからといっていないとはかぎらない。ほかにも聞いたことのないどうぶつがたくさんいるのだから。

いや、とイッカクは思った。だれかがまちがいなくぼくのことを呼んだんだ。ぼくの名前。イッカク。二度つづけて。

その夜、仰向けで冷たい水に流されながら満天の星を見ているあいだ、頭のなかで何度もあの声が聴こえた。「イッカク！ イッカク！」そのたびにイッカクはささやき声で言った。「なに？」

だれが自分を呼んだのか、なぜだったのか、イッカクは知りたくてたまらなかった。これほど強くなにかを願ったことはなかったほどだ。

ぼくの頭のなかにいるだれかにちがいない、とイッカクは思った。それ以外にはありえない。

どこでもなかを覗いてみることはできるけれど、自分の頭のなかは無理だ。

「イッカク！　イッカク！」

声は次第に小さくなり、さいごには聴こえなくなった。イッカクは眠っていた。

サイ

サイのいちばんの願いは、森のまわりに壁があって、だれも入れないことだった。

壁は乗り越えるには高すぎて、ドアや門はついていない。いたるところに〈下からのすり抜け、上からの飛び越え禁止〉という看板が立っている。

森に住んでいるものはだれも出られないし、草原や砂漠、海に住むものはだれも森に入れない。

どうぶつたちはよく壁のところに行って、すぐそばから畏敬の念を抱いて見つめている。〈通行不能の壁〉と呼ばれ、反対側がどうなっているかはだれにもわからない。みんな知りたくてうずうずしていて、とんでもない話をでっちあげる。

そしてある日、サイが森の空き地から助走して、猛スピードで壁に向かうのだ。鼻のうえのツノを前方に向け、まっすぐに壁を突き抜ける。まるで壁などないかのように。穴が開いて、反対側がどうなっているか、みんなに見えるようになる。なにもとくべつなものはなくて、灌木の茂みや藪、泥、草など、こちら側と変わらないが、そういう問題ではない。みんな、そちら側をはじめて見るのだ。反対側に住んでいるどうぶつたち――ラクダやバイソン、ミーアキャット、そのほかのおおぜいのどうぶつたちは、はじめて森に入り、あたりを見渡して感嘆するだろう。

もしかしたらその後、〈サイの壁〉と呼ばれるようになるかもしれない。穴の横には、あの日がけっして忘れられないよう、記念の石板をつけて。

どうぶつたちはサイに会うとさっと避けて、たがいに注意しあうだろう。「気をつけて！　サイだ！　どこでも突き抜けちゃうんだ。キミやぼくのことも……」

サイは森のはずれまで歩いていき、地平線まで広がる草原を見渡した。壁はここにあるのがいい、と思いながら。

何百ものどうぶつたちが集まり、背中を森にむけて草の上に座ったり立ったりしているようすを思い浮かべた。サイはまず壁のまえを行ったり来たり歩いて、時折、ツノで壁に触れてみる。見ているどうぶつたちは身震いする。いよいよその瞬間なのだ、と。

サイは草原のなかに進み、自分よりはるかに背の高い草のうえに寝ころんだ。

夏の暑い日で、輝く太陽のもと、サイはすぐに眠りに落ちた。

カバ

オオトカゲの誕生日パーティーで、サイとカバはいっしょにダンスをした。いくつかステップを踏んでいると、カバが「いてっ！」と声を上げた。

カバは立ち止まって訊いた。「なんで『いてっ』って言ったかわかる？」

「わからない」サイは言った。

「キミがぼくのつま先を蹴ったからだよ」

「そうか？　で、キミはなんでぼくがきみのつま先を蹴ったかわかるのか？」

「わからない」

「キミがうまく踊れないからだ」

「へえ！　ぼくはうまく踊れる、とびきり上手に。ぼくは生まれながらのダンサーなんだ」

「生まれながらのダンサー……よくそんなことが言えるな！　きみがやってるのはダンスじゃない。似ても似つかないものだよ」

「そうかよ。だったらなんなんだ？」

「うろつき。キミはうろついてるんだ」

サイとカバは踊るのをやめて、パーティーが終わる前にカバは家に帰った。もしかしたらサイの言うとおりなのかもしれない、とカバは思った。ぼくがやっているのはダンスとは呼べないものかもしれない。

翌朝、カバは偉大なダンサーとして有名なハクチョウを訪ねて、ダンスを教えてもらえないか訊いた。

「いいよ」ハクチョウは言った。

カバに才能がないのはすぐにわかったが、それでもハクチョウは二週間ほどでカバがかなりうまく踊れるように教えてやった。

それから間もなく、コオロギの誕生日パーティーでハクチョウとカバの師弟はいっしょに踊った。パーティーに勢ぞろいしていたどうぶつたちは踊るのをやめて、感心して見ていた。

ハクチョウがリードして、カバがくるくるまわり、一瞬、ハクチョウの翼のなかに完全に消えることもあった。

サイもパーティーに来ていて、ダンスを見ていた。サイはまだだれとも踊っていなかった。だれも踊ろうと声をかけなかったし、サイのほうから声をかけるとちょうど休憩するところだったり、なにかほかのことをするところだったりするからだ。

ハクチョウとカバがサイのすぐそばを舞いながら通るとき、カバが声をかけた。「やあ、サイ。

見てる？」

「やあ、カバ」サイがぼそっと言った。「見てるよ」

「なんていうダンスだと思う？」

「わからない」

「うろつきだよ」

サイはうしろを向いて、ケーキをもう一切れ食べにいくことにした。ほんとうはもう食べたくなかったのに。

だが夜が更けてからカバがサイのところにやって来て、おじぎをした。「うろつきにお手合わせ願えますか？」

サイはためらったが、だれかに踊ろうと誘われて断れたためしがなかった。たとえ自分が踊れないと思っている相手に誘われたとしても。

しばらくするとカバとサイはいっしょに踊っていた。カバがリードし、サイはカバのまわり、脚の下、ときには背中でカバの上を越えて、飛ぶように踊った。

踊りながらカバは、たまにゆるやかなステップを踏んでいるとき、サイの耳にささやいた。

「これがぼくのいちばんの願いなんだよ、サイ。キミとうろつくことが」

サイは黙ってカバにしっかりつかまっていた。

まだ互いのつま先を蹴ることはあった。どちらも（とくにサイのほうが）上手なわけではなかったからだ。でもその夜、いちばん遅く家路についたのはカバとサイで、肩を組んで帰っていった。

ゾウ

ゾウのいちばんの願いは一度、木のてっぺんまでのぼり、遠くを見渡して、最高にしあわせでワクワクした気分でダンスのステップを踏み、そのあと落ちないことだった。

これまで森じゅうのすべての木にのぼって、何度もほぼ完璧にできた。すべての木のてっぺんから遠くを見渡し、そのすぐあとにダンスのステップを踏み、そのあとはきまって落っこちて、ドスンと地面に叩きつけられるのだ。

木のせいでないことはわかっていた。自分のせいでもない。むずかしすぎてうまく踏めないステップのせいなのだ。

たいていは、長い研究の末、磨かれたテクニックを誇る一回転のピルエット。でも自由形や定形、ルーズな一回転半や二回転のピルエットのこともあった。宙返りや飛び込み、プリエ、コークスクリューのことも。ゾウはいつもかならず落っこちた。

あるとき、ゾウはシナノキの下に寝そべっていたアリと話をした。

うめいているゾウにアリは頭をふって訊ねた。「いったい今度はどんなステップを踏んだの？」

「ふつうのピルエット……」ゾウはささやいた。「もう百回もやってるんだから、いいかげんちゃんとできてもよさそうなのに」

「それをやるからダメなんだよ」アリは言った。「スプリットにしてごらんよ」

「スプリット？」ゾウはそんなの一度も聞いたことがなかった。

アリはゾウに説明した。前足を前に伸ばして、後ろ足を左右に広げるのだ、と。「ぜんぜんどうってことないんだよ」アリは地面にぺたんと座り、やって見せた。真ん中の足はおなかの前に合わせて。

ゾウは目を大きく開いて見ていた。スプリット……これだ！　立ち上がってアリにお礼を言ったゾウは、もはや痛みを感じていなかった。

それから数週間、ゾウは一日中、練習した。

練習の合間に森を歩いていてだれかに会うと、スプリットの練習中だと話した。するとみんな、自分もやってみようとした。サイ、カバ、コオロギ、カエル、それにハリネズミやカメさえも。

そのたびに軋む音、うめき声があがった。

ある日の午後、とうとうその時がやってきた。

どうぶつたちがナラの木のまわりに集まり、ゾウがのぼっていった。

てっぺんに着くとゾウはあたりを見渡して叫んだ。「遠くが！　遠くが見える！」最高にしあわせな気分で、あやうくピルエットをしそうになったが、かろうじて踏みとどまった。

「見てて！」ゾウはゆっくりとスプリットをした。

　どうぶつたちはゾウがうめいて、「もうちょっと！」それから「いたっ！」と叫ぶのを聴いた。でもそのあとしばらくなにも聴こえてこなかった。

「落ちなかったね」みんなは口々に言った。「大成功！」歓声を上げんばかりのどうぶつたちは、ゾウがおりてきたら肩車して森を練り歩くことにした。

　だがそのとき、てっぺんから弱々しく嘆くような声がした。「たすけて」

「どうしたの？」どうぶつたちは叫んだ。

「もどらなくなっちゃった」ゾウが叫び返した。「スプリットからだよ」

　どうぶつたちは顔を見合わせてため息をついた。ゾウときたら……。じつはこうなるだろう、とみんなが思っていたとおりだ。

　リスが上にあがっていくと、ゾウがナラの木のてっぺんで、突起のついた板のようなかっこうでへばりついているのが見えた。ゾウの上に立ったり、ゾウの上で踊ったりできそうだった。

「リス……」ゾウはうめいた。「ぼく……」

　リスはゾウを立ち上がらせて、もう動くことができないゾウを背負って連れおろした。

　地面におろされたゾウは弱々しく「ありがとう」とささやいた。それだけ言うのが精いっぱいだった。からだはまだスプリットをしたままだった。

どうぶつたちは家路についたが、リスはゾウのとなりに座っていた。ゾウがもう大丈夫になるまで、ずっと。

ゾウリムシ

だれかの家に住まわせてもらいたい——ゾウリムシはそう思った。

自分が荷物を肩に担いで森を歩き、ゾウの家のドアを叩くようすが浮かんできた。

「ゾウ！　キミの家に住んでもいい？」

「なんで？」

「それがぼくのいちばんの願いだから」

「そうか、いいよ」

そうしたらゾウのところに住むんだ。外が雨嵐の日に一日中、いっしょにひじ掛け椅子にもたれて座る。なにか話したいことがあるときにだけ話をする、とあらかじめ決めておいて。なんの話をしてもいいから、無について話してもかまわない。

あるとき、ぼくがゾウのソックスを履いて、足をテーブルにのせる。そうしたらゾウはこう訊くだろう。「紅茶、飲む？　ソックスムシ」ぼくたちは笑って、ゾウがぼくのゾウリを履く。ぼくはこう言うんだ。「うん、ゾウリゾウ」そしてまたいっしょに笑う。

　陽が射して寒くなければ、散歩に出かけるだろう。ぼくはウォーキングゾウリを履き、ゾウは帽子を被って。舞踏会に行くときには、ぼくはダンスゾウリ、ゾウはエナメル革のブーツを履いていく。ゾウの足は大きいのだ。そして何時間でもいっしょに踊っているだろう。

　旅だってするだろう。どこにでも。どこか遠く離れたところでだれかに会ったら、ゾウはこう言うんだ。「ご紹介します。ぼくの友だちのゾウリムシです」そうなったらぼくたちは友だちだからだ。ゾウのことはもちろんみんな知っている。

　そしてあらゆる場所に旅したあと、ぼくたちは家にもどる。さいごにはいっしょに駆け出して、ぼくはゾウリを失くしてしまうけれど、かまわない。ゾウリを履いていようがいまいが、家にもどれさえすれば。ゾウの家で両足をテーブルにのせて座っていることが、おたがいいちばん好きだからだ。けっして飽きることはない。旅の途中でぼくたちはそう気づくだろう。

サギ

「キミのいちばんの願いがなにか、知ってるよ、サギ」カエルがサギに言った。

「知らないだろ」サギは言った。「知ってるわけがない」

「いや、知ってるんだよ」カエルが言った。

「ぼくにはキミの考えがわかる」サギが言った。

「いやいや、わからないよ」

「わかるんだってば」

「じゃあ、オレが考えてるとキミが考えてることを言ってみろよ」

「言わない。言ったら、キミはすぐにちがうことを考えて、ぼくにはキミが考えてることがまったくわかってない、と言うからね」

「そんなことないよ」カエルは言った。「キミを見たときにオレの考えることはいつでも同じだから」

「でも、キミが考えてるとぼくが考えることを言ったときはちがう」

「それでもおなじだよ」

サギは岸に近い川のなかに一本足で立っていた。シダレヤナギの枝が覆いかぶさっていた。カエルは少し離れたところでハスの葉の上に座っていた。

サギとカエルはたがいを見つめた。

「ぼくのいちばんの願いはね、カエル、じゃあ話すことにするよ、キミが一度あまりにもきれいにケロケロ鳴くから、ぼくが感動で目を閉じずにはいられなくなることなんだ」サギは言った。

「それはずっと前から知ってたよ」カエルは言った。

「だったらなんで言わなかったの？」

「キミにはほかにも願いがあるから」

「どんな？」

「キミが感動してるのを見たオレも感動して目を閉じることだ」

「ちがうね」

「そしてキミがもはや感動していなくてもオレはまだ感動していて、キミが目を開けてもオレはまだ閉じていること。キミは一歩一歩近づいてきて、オレに覆いかぶさるように屈むが、オレはそれに気づかないことだ」

「とんでもない、まったくちがってるよ」サギは言った。

だがカエルは水中に潜ってしまった。これ以上、話す気になれず、その日はケロケロ鳴くのももうやめにした。感動的に鳴くなどもってのほかだ。

サギはまだそこに一本足で立ちつづけ、考えていた。でも、いつの日かは……

自分がそう考えているのをカエルが知っていることを、サギは知っていた。そしてカエルもそのことを知っていた。

ヤマネ

ぼくのいちばんの願いは、とヤマネは考えた。生涯でいちばんすばらしい日、とぼくが名づける日が訪れることだ。なぜその日がそうなのかは、いまのぼくにはわからない。いまからわかっていたら、その日がいちばんすばらしい日ではなくなってしまうから。

冬の寒い日で、ヤマネはテーブルにむかって座っていた。風が窓に叩きつけている。

ぼくの誕生日ではだめだ、とヤマネは思った。ほかのだれかの誕生日やパーティーでもだめだ。ずっと前からやろうと思っていたことをする日でもだめだ。

ヤマネは両腕に顔をのせて前を見、その日を思い浮かべた。でもぼくが思い浮かべるのはその日ではない！　と思って、からだを起こした。その日は見えないはずだ。

指でテーブルをコツコツと叩き、その日がどんな日でないかを頭のなかで数えあげた。フクザツ、秘密めいている、驚きに満ちている、静かな、激しい、とくべつな。ふつう、ほかの日々とおなじ……これらすべてのどれでもない日。

そんな日がきっとあるはずだ、とヤマネは思った。辛抱強くぼくを待っていて、夜、ぼくがこう言うにちがいない日。ぼくの生涯でもっともすばらしい日だった、と。

でも、その日がいつも自分の前にありつづけなければならないことも、ヤマネにはわかっていた。将来の展望、とアリが一度、話していたように。

ときには——つま先立ちをすると——、ちらりと姿が見える。ちょうど木のてっぺんに立つと、なにかきらっと光るものや、海らしきものが見えることがあるように。

でも、けっしてその日が訪れてはならない。

ヤマネはふたたび頭を両腕にのせて、深いため息をついた。

ケムシ

ある春の朝、ケムシはカエデの木のまんなかで葉っぱを食べていた。

口いっぱいに詰めこんで、すぐにつぎの葉を齧《かじ》りはじめた。食べて食べてひたすら食べてるな、とケムシは思った。ほかにはぼくはなにもしない。ケムシは絶望的な気持ちになった。だれかがカエデの幹をのぼってきたとき、ケムシはそんなふうに座っていた。だれかが来るみたいだけど、ぼくの勘ちがいだろうか？　ケムシは思った。ケムシを訪ねてくるものはだれもいなかったからだ。いつでも食べているので、おもてなしをする余裕がないのだ。しばらくすると、コメツキムシがケムシの前に立っていた。「こんにちは、ケムシ」コメツキムシは言った。

ケムシは口のなかがいっぱいで、なにも言えなかった。

「いい知らせがあるんだよ、ケムシ」コメツキムシは言った。「もう食べなくてもよくなるんだ。見て」

コメツキムシはボードをもってきていて、ケムシの向かいの枝に立てかけた。ボードには大文字でこう書かれていた。

食べること——必要なし

ケムシはそれを読み、目を見開いた。食べるのをやめてコメツキムシに訊ねた。「これはなに？」

「決定だ」コメツキムシは言った。

「決定？　だれの？」コメツキムシは言った。「公の決定というのはだれのものでもない。でも決定には変わりないんだ」

ぼくはもう食べなくてもいいということなんだ、とケムシは思った。それについて考えるために目をぎゅっと閉じて、頭を何度か左右に振った。

目を開けると、コメツキムシは姿を消していたが、ボードはまだ置かれていた。

必要なし、とケムシは考えた。なんという決定だ！　もしかしたらほかにもそんな決定があるかもしれない……。

ケムシは時折自分の下を通りすぎるどうぶつたちのことを考えてみた。コメツキムシはそのどうぶつたちにもよい知らせを届けているのかもしれない。

落ちること――必要なし
ケーキ――必要なし
チューチュー鳴く――必要なし

チューチュー鳴いたりすることはまだあってもいいけれど、必要はもはやないのだ、とケムシは考えた。ほかのどうぶつたちのことも思い浮かべてみた。クジラと噴水、ヒキガエルと怒り、ホタルと光、キリギリスと店、ムカデと靴、ハリネズミと孤独……。

ケムシはハリネズミに手紙を書いて、孤独は必要ないと知らせることにした。たまに孤独、それはこれからもかまわない。

でもケムシはその手紙を書かなかった。よけいなお世話だと思ったからだ。

ボードを見て、たまに食べたくなったらカエデの葉を一口齧り、思った。なんてすごい……ぼくのいちばんの願いはかなってたんだ、と。

でもすぐに、ほんとうに自分のいちばんの願いだったのか、もっとぜんぜんちがういちばんの願いがあったのではないか、考えた。それから目に入ったいちばん大きな葉っぱにかぶりつき、丸呑みした。

カメ

ぼくのいちばんの願いは、とカメは考えた。カタツムリがある日突然、ぼくにやさしくなることだ。

ちょうどカタツムリのところを出て、バラの茂みの下にいた。カタツムリはカメをきびしく叱り――カタツムリがこう表現したのだ――、キミにはもううんざりだと言った。

「どれくらいうんざりか、わかるか？」

「わからない」

「這いつくばりたいくらいうんざりだ。ツノがへしょげるくらいに。まざりけのない純然たるうんざり」

カメは頭をゆっくりと左右に振った。カタツムリが自分にうんざりしている理由がわからない。いつでもそうなのだ。

カメはバラの茂みのいっそう奥に入っていった。

ただふつうにやさしくなれば、とカメは思った。一度そうしてくれたら……。たとえば、ぼくの甲羅をぽんと叩くとか。友好的にぽんと。あるいは肩で甲羅に触れたり、ぼくを見つけて「やあ、カメじゃないか！」と言ったりするのでもかまわない。ぼくに聞こえるように小声で「またカメのヤツだよ……」と言うのではなく。

カメはちょっとため息をついた。ぼくはやさしいだろう？　カメはそう思った。いじわるしようと思ってもできないのだから。

そうしてカメは自分のいちばんの願いについて、立ちどまって考えていた。

しばらくすると、カメはカタツムリのところにもどっていった。理由はわからない。

まだカタツムリのところに着くまえから、すでに文句を言っているのが聞こえてきた。「やれやれ」とか「またかよ」などと。そしてカメが目の前に立つと、カタツムリはこう言った。「へえ、また現れたのか？　また自分のバカさ加減にうんざりしたのか？」

カメはなにか言葉を返したかった。なにか温かな言葉を。でもなにも思いつかなかった。

長い沈黙のあとカタツムリは、いっしょにいる価値がカメにはないと思っている、と告げた。

「ぼくの甲羅はどうなの？」カメは言った。

「キミの甲羅……その甲羅は……」カタツムリは長く考えてこう言った。「一文の得にもならない」

カメには一文の得にもならないとはなにか、わからなかったが、価値がないことなのはわかった。カメはしょんぼりとバラの茂みにもどっていった。

「キミもいいヤツだよなあ……」たった一度でいいから、いじわるな言葉のあいだに一度きり、そうつぶやいてくれたなら、とカメは思った。

当分はカタツムリのところにはもどらない——カメはそう心に誓った。

ミズスマシ

ミズスマシのいちばんの願いは、風が静まることだった。

ミズスマシの住む森のはずれの池は、いまだかつて風が静まっていたことがない。ミズスマシはその池に自分の考えを書いていた。風はいつでもすべてを消してしまった。あまりにも早く消してしまうので、書いたことを読み返す時間がないことさえあった。まだたったの一文字しか書いていない――〈ぼ〉だけで〈く〉を書けないうちに、ということまであった。

するとミズスマシは憤って水面を叩き、句読点や感嘆符、横棒を書き、風になにかやってやりたくなるのだった。

でも、風になにかやってやるとは、どんなことだろう？

ある日、アリが池にやって来た。風は強く、ミズスマシがちょうど書こうとしていた句点は長く途切れた線になってしまった。

ミズスマシは波の上を歩いて池のほとりに行き、アリに訊ねた。風になにかやってやるにはどうしたらいいか知らないか、と。それによって風が静まるようななにか。

アリはうなずいて言った。「風になにかを書けばいいんだよ。手紙とか。読みたければ静まらないわけにはいかない。吹いていたら読めないから。風は二つのことを同時にできないからね」

「でもなんて書けばいいの？」ミズスマシは訊いた。

「なにかフクザツなこと。理解するのにとても長い時間がかかるから、風はとても長い時間、静まっている。何ヵ月もかかるようなものがいいかもしれない」

アリはミズスマシに別れを告げ、帽子をしっかりと押さえて森に入っていった。

ミズスマシは考えた。しばらくすると書くことが見つかった。「こんにちは、風！」ミズスマシは書いた。でも風は静まらない。「親愛なる風」「愛しい風」「風殿」「偉大なる嵐」「暴君！」

ミズスマシは書き出しを変えて何度も試みたが、風はたちまちすべてを消してしまった。

午後遅くになって風はようやく弱まった。

ミズスマシはなるべく早く、池いっぱいに言葉を書いた。〈軽蔑〉や〈横領〉、〈幻滅〉など、風が知らないと思われる言葉で池が埋まるまで。

さいごの言葉〈戯言《ざれごと》〉の横にハスの葉が浮かんでいた。

それから何時間も風は静まっていた。風は読んでいたのだ。

ショキカンチョウ

リス殿

私の一番の願いは今後、あらゆるものが書記形式によってのみ存在することにあります。あらゆる生物、物、概念、大小にかかわらず、あらゆる砂粒、星、突風、憶測、仮定にいたるまで。

これに関して貴殿が異論をお抱きになることは承知の上です。

目、歯、指先といった身体性を惜しまれることでしょう。

然るにリス殿、句読点や括弧等、約物がそれを補ってくれます。それらは見、噛み、感じることができるのです——貴殿が、書かれていない貴殿の特性を以て想像できるよりはるかに上手に。

書式による存在は退屈であるとご主張になるのであれば、それは取り消し線や書き損じをご存じないことを明かしています。

書式による存在自体、ひとつの大きな書き損じなのです！

あらゆる書式の日夜において、私が存在の書き損じを修復することに奮闘する様をご存じであるならば……。

幾度も繰り返し新たな書き損じに直面させられ、中には遺憾にも修復不能なものも含まれているのです。

それでも、私は勇気を失わず、自らを新たに諭すよう、書き続ける次第です。

貴殿が貴殿の書式——現時点では二次的なものであるにせよ——を、自らの不完全さおよび不足を打ち消すことに活用されますよう願います。なによりも、今後は書式によってのみお暮しになることに努められ、貴殿に定められた〈我〉という字には小さくも勇敢な点をお付けになられますよう。

これが私の一番の願いであります。


貴殿をお慕いする文通友達、ショキカンチョウより

カタツムリ

どうぶつたちみんながいちばんの願いについて話していたとき、カタツムリはバラの茂みの下の家で考えていた。カメのいちばんの願いは当然、オレがカメものろまだと思うことだろう。オ

レとおなじくらいのろまだ、と。でもそうじゃない！　あいつはのろまではない。速さと短気のかたまりなのだ。ああカメよ、前進するがいい。稲光のはいった足でせかせか気ぜわしく……。前進しやがれ！　のろまじゃないんだよ！　オレがのろまで、キミはちがう。

　そう叫びたくなり、二本のツノを左右に揺らした。ツノはカタツムリの小さな家の天井にあたって穴が開き、壁が崩れてしまった。

　カタツムリは混乱し、地面に座った。こんなことになっちまったぞ、カメ！　と思い、途方に暮れて。そもそもなんでオレはこんな小さな家に住んでて、要塞に住んでないんだ？　周りに堀がめぐらされ、跳ね橋のついた要塞に。跳ね橋はだれのためにも下げないだろう。カメのような悪漢にはなおさらのことだ。

　しばらくすると、たまたまやって来たカメが見えた。

「速く来たんだな」カタツムリは泣きながら言った。「また走ってたのか？」

「なにがあったの？」カメが訊いた。

「見えないのか？」カタツムリは咎めるようにカメを見つめた。

　カメはそれ以上なにも言わず、カタツムリの家を直しはじめた。

　修繕には丸一日かかった。

「できたよ」午後のおわりにカメが言った。

「早いな」そう言いたいところだったが、言ってしまうとやさしくないことはカタツムリにもわかった。もっとものろまであるだけでなく、存在するもっともやさしいどうぶつでもありたいのだ。それがどんなに困難で、感謝もされないことであったとしても。

カタツムリは家のなかにはいった。真新しい家のようになっていた。

しばらくするとまた外に出た。カメはまだそこにいた。

カタツムリはなにか声をかけたかったが、どう言えばいいのかわからず、こう訊いた。「キミはいちばんの願いをもってるのか？」

「うん」カメは答えたが、それがなんであるかは言わなかった。

「オレのいちばんの願いは知りたくない？」カタツムリは訊いた。

「知りたいよ」カメは言った。

「オレのいちばんの願いは……」カタツムリは話しはじめたが、言えなかった。自分のいちばんの願いを実際には知りたいとも思っていなかった。

カメは踵を返し、家にもどっていった。

クモ

ぼくは、とクモは考えた。一度、いままでつくったどんな巣ともちがう巣をつくりたい。大きくてフクザツな巣。地面から木のてっぺんまでまっすぐ上に伸びていて、幹糸、横糸、中間糸から成る。直線の糸、円形の糸、曲がりくねった糸、さらに秘密めいた細い糸から太い糸、白や黒、行き止まりの糸……ぼくが道順を忘れて何時間も迷える巣。交差点や思いがけない地下道、踏切、抜け道がある。朝になると日が昇り、ぼくの巣が輝く。露玉が巣の導くままゆっくりと下や横へと伝わる。穏やかな風が吹いていて、巣がゆらゆらと揺れる。ブランコのように、いや、ゆりかごのように。ぼくは一歩ずつ上にのぼっていく。ぼくの巣、と思いながら。これはぼくの巣なんだ。持ち主で権威者、それがぼく、クモだ。遠くの、広大な巣の真ん中あたりにハエが見える。「こんにちは、ハエ。いい巣だと思わない？」ぼくが言うと、ハエがうなずく。ハエは巣が嫌いなので認めたくない、ということはぼくにもわかっている。でもその日のぼくは寛大で気前がよく高潔だから、ハエのところまで行って、そっと足をはずしてやる。どこにでも自由に飛んでいけるように。「さようなら、ハエ、夏を楽しんで！」と言うけれど、ハエはすでに飛んでいってしまった。それでもかまわない。ハエはぼくの友だちだから。それからぼくは巣が留めてある木のてっぺんまでのぼっていく。いちばん外側の糸のところにゾウが見える。「ゾウ！」「クモ！」と声をかけあう。ゾウはピルエットを踊るが、落ちることはない。ぼくの糸が足に絡まっているからだ。「落ちない！　落ちない！」ゾウは鳴き声をあげる。何度もピルエットを繰り返して膝まで糸に絡まり、さいごには頭を下にしてぶらさがる。「どうなってるの？」とゾウは叫ぶ。ぼくはゾウを巣の上に立たせて、糸をほどいてやる。ゾウはぼくに永遠に感謝すると言って、永遠がほんとうにとても長いことを説明する。ぼくはうなずく。以前から知っていたことだ。ほかのどうぶつたちの姿も見える。ぼくの巣のことを聞いて、あらゆるところからやって来たのだ。「クモ！　クモ！　クモ！」みんなが叫び、歓声をあげる。どうぶつたちはぼくの巣を揺らして手を振る。「気をつけて！」とぼくは叫ぶ。みんな踊ろうとするが、それは無理だ。「キミたちの足が……」ぼくの言うことがわかって、腕と頭だけ揺すって踊る。キリンやコオロギ、カバ、クマ……。「なんてすごい巣なんだ！」みんなが叫ぶ。自分たちもぼくのような巣をつくりたいと思うけれど、ぼくにしかできないことだから。家に帰りたくなれば、みんなをほどいてやる。「ありがとう、クモ……」と言ってハグしようとするが、いいよ、とぼくは言う。夜になると、風よ吹け、とぼくは思う。うなり、叫び、荒れ、ぼくの巣をズタズタに吹きとばせ、と。どうだっていい。もう二度と巣はつくらないから。小さな家に住むのだ。カタツムリのようなシンプルで小ぢんまりとした家。森の反対側にあって窓からは草原が見える。それがいちばんの願いだ。ハエがたまたまやって来たら、外の窓の下に椅子を置いてあげよう。べたついて立てなくならない椅子だ。ハエはそこに座ってブンブン、あるいはほかの音をたてる。ぼくたちは紅茶を飲み、草原を見渡して、バイソンとヌーに手を振る。いっしょにショキカンチョウに手紙を書き、ハエはまた飛んでいく。好きなときに別のどこかに、ぼくの友だちのハエは飛んでいくのだ……。

トガリネズミ

　ぼくがキリンだったらいいのに、とトガリネズミは考えた。そうしたら、みんなの頭越しに見渡せるし、頭のうえにツノが二本ある。なぜぼくの頭の上にはなにもついてないんだ？　キリンやシカやサイのように。

　トガリネズミは森のはずれの家の床で毛布をかぶって横になっていた。冬で、屋根のうえの枝越しに風の音が聴こえた。時折、歌い声もした。パーティーかそのほかのなにかに向かう通りすがりのどうぶつたちが、暖をとるために歌っているのだ。

　いや、とトガリネズミは考えた。カメのほうがいい。そうしたら甲羅をもっていて、夜にははずしてひっくり返し、そのなかで眠れるから。トガリネズミが寝ている床はかたくて居心地が悪いのだ。

いや、とトガリネズミはまた思った。ライオンがいいや。ライオンだったら激しく吠えられるから、だれもぼくの家のまえを歩こうとは思わないだろう。歌いながらなどもってのほかだ。純然たる驚愕から、風まで止まるだろう。そう、ほんものの驚愕だ。

いや、やっぱりアリがいい。驚愕がなにかを教えてくれたのはアリだった。アリは一度も驚愕したことはなくて、ぼくもどうすれば二度と驚愕しないか、説明してくれた。とてもむずかしくて覚えてないけれど、ぼくがアリだったら覚えているはずだ。アリはなんでも覚えているから。

いや、コオロギのほうがもっといい。そうしたらいつでも陽気でいられるから。コオロギは朝、太陽が姿を見せただけで笑いはじめるのだ。「見てごらんよ、ほら、なんて面白いんだ。あれがだれだか知ってる？　太陽だよ！　太陽がなにをするか知ってる？　昇るんだ！　ほんとだよ！」こんなふうに一日中、太陽が沈んで月が昇るまでつづく。月が昇ることも毎日、嘘みたいでとても面白いと思っているから。

いや、やっぱりゾウがいい。そうしたら、木のてっぺんでピルエットを踊って落ちないだろう、と思えるだろうから。だれも信じなくても、ぼくがゾウなら自分でそう思えるはずだ。

いや、カブトムシにしよう。そうしたら、ぼくは陰気だから。陰気であることを楽しむんだ。カブトムシは自己憐憫に陥っている、とアリは言っていた——自己憐粉にまみれている、と。ぼくも一度、それにまみれてみたい。そのほか多くのものにもまみれてみたい。

いや、クマだ。トガリネズミは目を閉じて、クマである自分がいままでに食べたことのあるあらゆるケーキを思い浮かべた。これから食べるであろうケーキのことも。どれも甲乙つけがたくおいしいだろう。

トガリネズミは横向きに寝返りを打ち、両膝をあごにつけて、なりたいどうぶつを考えつづけた。サイ、クジラ、ミミズ、ツグミ、カエル、アナグマ、トゲウオ……。

いちばんの願いにたどり着いたとき、トガリネズミは眠りに落ちる直前だった。ぼくはリスになりたい。でも、なぜなのかはもはや考えなかった。眠っていたからだ。嵐がはげしく家に叩きつけ、もうどこかに行こうと外を歩いているものはいなかった。

キリギリス

ぼくのいちばんの願いは、とある夜、キリギリスは考えた。明日、みんながなにかを買いにくることだ。

キリギリスはテーブルにむかって座り、在庫品目録のページをめくっていた。

夜明けとともに大群衆が店のドアのまえに集まっているようすを思い浮かべた。開店とともに押し入ってくる。みんなが思いつくかぎりのもの、ぼくが勧めるもののすべてを買うのだ。ぼくは慌ただしく店内を行き来する。ぜんぶのお客がすべてをもって、商品の重さに身を屈《かが》めるようによろめきながら家にもどっていくまで。

キリギリスは居住まいを正して座った。ぼくはすべてを売っている。太陽と月と星以外は。それは売ることのできないものだから、当然だ。

キリギリスは椅子の背にもたれた。午後にはショーウィンドウの下の陽だまりに座るんだ。ショーウィンドウにはもうなにも置かれていない。カウンターにも、棚の上にも。

なんと愉快なんだろう、とキリギリスは思った。品切れになって、陽だまりに座り、静かにギーッチョンと鳴いているのは……。

あちこちから騒音が聴こえてくるだろう。どうぶつたちは買ったものをすべて家に置いたり、掛けたり、食べたりしようとする。みんなが呻《うめ》いたりため息をついたりするのが聴こえるようだ。たくさんのものの置き場に困っているのだ。

キリギリスはまた在庫品目録に屈みこんだ。

午後が終わるころ、さいしょのどうぶつたちがもどってくるだろう。自分たちが買ったものを返品か交換するために。サイズが合わない、大きすぎる、ほしかったものとちがった……。

でもぼくの店は閉まっている。「残念だけど」ぼくは言うだろう。「どこかよそに見にいって」でもだれも〈どこかよそ〉がどこなのか、知らない。

ぼくはショーウィンドウの下の草のうえでうしろにもたれて座っている。みんながっかりして家にもどっていくなか、ぼくは木々のあいだから太陽が沈むのを見ている。

ぼくはうしろを見て、鼻をショーウィンドウに押しつけて、こう言うんだ。「さよなら、大好きなぼくの友だち」なぜなら、ぼくの店はぼくの友だち、親友だったから。でもいまは空っぽで置き去りにされている。

それからぼくは眠るだろう。ちょうどいまのように——そう思って、キリギリスは背後にある棚に在庫品目録をしまった。

明日には明日の風が吹く。

ヤマアラシ

ヤマアラシは自分の針たちが突然、向きを変えて、説明もなく自分を突き刺すことを怖れていた。

太陽がある日、落ちてきて、自分を焦がしてしまうことも怖かった。「ずっとこうしたかったんだよ、ヤマアラシめ……」とジュージューささやきながら。

川が氾濫し、自分を海まで押し流し、そこに置き去りにすることも怖れていた。気にかけてくれるものがだれもいない海に。そうなれば、針もなんの役にも立たない。

だれかが訪ねてきて、紅茶を飲み、ケーキを食べたあとに自分のうえに屈みこむのも怖かった。ヤマアラシの目の前で指を振り、こう言うのだ。「このケーキが腐ってるって知ってたのか？ヤマアラシ」「知らなかったよ」とヤマアラシは言うだろう。「いま知ったってわけか。なんで腐ってたかわかるか？」「わからない」「その針のせいだ。どうすればいいか、わかるか？」「わからない」「抜いちまうんだ。オレがやってやろうか？」そうしてそのお客は返事を待たずに針をすべて抜き、針なしのヤマアラシを置き去りにするのだ。

どうぶつたちが手紙をよこすのも怖かった。ヤマアラシは以後、どこでも歓迎されない、と書かれている。だれもがいつでもどこでも歓迎される（ヤマアラシを除いて）――そう会議で決まったのだ、と。

どうぶつたち全員が突然、ドアのまえに立ち、自分を呼ぶのも怖かった。「なにしに来たの？」とヤマアラシが訊くと、「キミをあざけり笑いにきたんだ」と答える。どうぶつたちは苦しくなってもまだ笑いつづける。

とても寒くなって外で滑って仰向けに倒れて地面で凍りつくのも怖かった。春が来るまで――春が来るとして――そのまま倒れつづけていることが。

ある夜、眠れなくて、疲れるまで部屋のなかを走り、それによって気が高ぶって二度と眠れなくなるのも怖かった。

ほかには流れ星、ドアの軋《きし》み、風、自分の座る机、息として吸う空気、コートのボタン、舌の先、一日の真ん中も怖かった。

ヤマアラシは全力をふりしぼって、自分が怖れていないものを思い浮かべようとした。

そして、どうぶつたちからの手紙が届いて、いちばんの願いを訊かれたとき、自分がそれをもっていないことが怖くなった。ぼくのいちばんの願い……とヤマアラシは考えた。その日、ヤマアラシはいままで一度も味わったことがないほど怖い気持ちでいっぱいだった。

ダチョウ

ダチョウはなにかの中や下に頭を突っ込むのが好きだった。地面の下がいちばん好きだが、灌木の茂みや水中でもいい。そこでなにかが起こっているか、知らないだれかが住んでいるか、見るために。そこにそれがあることをだれも知らないなにかを見つけるのはもっと好きで、それがダチョウのいちばんの願いだった。

だてに首が長いわけではないのだ。

ある日、ダチョウはリスを訪ねた。紅茶を飲みながら、走ること、近道をすること、全速力で羽ばたくことについて話した。ダチョウは詳しかった。

突然、ダチョウは前屈みになり、頭をテーブルの下に入れた。

「なにしてるの？」リスが訊いた。

「なにか置いてないか、見てるんだ」

「置いてないよ」

「うん、そうだね」

ダチョウは頭を元に戻して、紅茶を一口飲み、話のつづきをした。

リスは紅茶をなみなみと注ぎたした。

走ることと羽ばたくことについて話しおえると、ダチョウは立ち上がって頭をリスのベッドの下に挿し入れた。

「今度はなに？」リスが訊ねた。

ベッドの下はほこりっぽく、ダチョウは咳をして、くぐもった声で言った。「なにか置いてないか、ここも見てるんだ」

「そこにもなにも置いてないよ」自分の家のどこになにがあるか、正確に把握しているリスは言った。

「そうだね」ダチョウはまた頭を出した。「なにか置いてあるか、だれかがいるのを期待したんだけど。だれかがいたらすごいよね！　予想してなかったお客！　サメとかバイソンとかカメレオンとか！」

「どうやったらサメやバイソンやカメレオンがそこにいたりするの？」

「わからないじゃないか」

リスは黙ってしまった。

「ビックリするだろうね」ダチョウは言った。

「うん」

ダチョウは急いで紅茶を飲みほすと、頭を棚の下に入れた。

リスはもうなにも言わなかった。

「ここにもだれもいない」ダチョウは叫んだ。ガッカリしているように聞こえ、ダチョウはそのまま寝そべっていたが、しばらくして「助けて！」と声をあげた。

棚の下から頭が抜けなくなってしまったのだ。体をねじり、力を入れて抜け出そうとしたが、挟まったままだった。

リスはダチョウの腰をつかんで、力のかぎり引っぱった。

するとようやく抜けたダチョウが棚の下から勢いよく飛び出し、リスともどもテーブルにぶつかった。ティーカップが床に落ちて割れ、ドアの横の壁に飛び散った。ダチョウの羽根が床に散らばり、リスはしっぽをくじいてしまった。

リスとダチョウはようやく立ち上がった。

「この家にはどこの下にもなにも置かれてないんだね」ダチョウの声には失望がにじんでいた。

「うん」リスは言った。

ダチョウはため息をついて言った。ほかのどうぶつたちの家ではいつでもベッドや棚の下になにかがあるかだれかがいるし、棚の下の空間も広くなっているものだ、と。そのほうが覗きやすいからだ。リスの淹れた紅茶がおいしかったことだけは、ダチョウも認めざるをえなかった。

しばらくすると、ダチョウは帰っていった。

リスはティーカップのかけらを片づけ、慎重にしっぽに触れてみた。そしてベッドの下になにか置いておくことに決めた。どっちにしろ捨てるなにかを、ダチョウがまた訪ねてきたときのために。

シロアリ

シロアリは砂漠の真ん中にある砂の山のふもとにいた。その朝、百三十七粒の砂を数え、まだ百京《けい》の千倍は数えなければならないような気がしていた。

毎日、朝から晩まで自分のまわりの砂粒を数えつづけた。シロアリのいちばんの願いは一粒残らず数えて、ある日、砂漠が何粒の砂から成り立っているかを知ることだった。でもそれが困難で、おそらく不可能な作業であることはわかっていた。

シロアリは疲れていた。太陽は垂直に照りつけるし、だれかが立ち寄ることもない。いっしょに数えようと言ってくれたり、数える苦労が減るようにおしゃべりしてくれたりするだれかが。

シロアリは数えていない砂粒をいくつか指のすきまからこぼして思った。一度でいいから、話ができて自分になにか言う砂粒があればいい、と。砂漠じゅうの砂を数えるよりもそのほうがよかった。「ぼくのことは気にしないでくれよ、シロアリ」などと。そうなったら腰を抜かすほど驚くだろう。それはたしかだ。

「ぼくなんてぜんぜん重要じゃないから」砂粒は言うだろう。「ぼくを数える必要なんてないよ。ぼくを抜かしたってだれも気づかない。ほかの砂粒たちがキミに注意すると思う？　『おい、シロアリ、オレたちの一粒を忘れてるじゃないか……ダメだぞ』って。そんなことはない。みんな自分だけで足りてて、これまでだれもぼくを気にかけたことはないんだ……気にかけるわけないよ……ぼくだってだれのことも気にかけたことないんだから……」

そんなふうにその一粒の砂は話すだろう。そしてシロアリは、興奮して数を忘れてしまうだろう。でもかまわない。どうせしょっちゅう忘れているのだから。途中で忘れて数え直すことなく千まで数えられたことは、ただの一度もなかった。

数……、とシロアリは思った。完全に忘れてしまうことは、たとえ願っても無理だ。数は執拗で、不可避なのだ。数がどんな姿なのかは知らないけれど。

シロアリは立ち上がって、あたりを見渡した。目の届くかぎり、砂、砂、砂しか見えなかった。

「ぼくのことは数えないで。それくらい聞いてくれてもいいだろう？」話せる砂粒はそう言うだろう。

でもそれは過度の期待だ。シロアリは座り、砂に入れた手をもちあげ、ふたたび数えはじめた。すでに数えた砂粒は分けて、両足のあいだに置いた。まちがえて二度、数えてしまわないように。話しかけてくる砂は一粒もなかった。

いちばんの願い、十、十一、は、十二、十三、叶わない、十四、十五、とかなんとか、十六、十七、とかなんとか、とかなんとか……。

こうしてシロアリは砂漠の真ん中に座って砂粒を数え、自分と話をしていた。シロアリは不幸ではなかった。

カブトムシ

カブトムシのいちばんの願いは、自分だけでなく全員が陰気であることだった。どこに行ってもうれしそうにほほ笑み、肩をたたき合い、あらゆることにおめでとうと言い、祝い、満足の深いため息をつくどうぶつたちにあふれているのが気にさわった。それによってますます陰気になるわけではない。もうすでに十分陰気なのだから。でもカブトムシには自分の陰気さをほかのどうぶつたちのそれと比較することができないのだ。悲し気なカエル、ガックリ肩を落とすヒキガエル、絶望したクマ、途方に暮れるアリ……。

みんながさいごの勇気を捨て去り、森の空き地に足を引きずってきて、そこで倒れて絶望することを、カブトムシは望んだ。

そうなれば、やっとみんなにもそれがどんな感じか、わかるだろう。

みんな苦い涙を流し、だれもほかのどうぶつを元気づけたり慰めたりしようとしない。その逆だ。

「ああ、カブトムシ」とみんなが言うだろう。「キミがいつもどんな思いをしているか、ぼくたちいまようやくわかったよ。キミはよくぼくたちに説明しようとしていたけど、ぼくたちは信じようとしなかった。いまなら信じられる。これはひどい。ありがとう」

カブトムシは喜ぶべきなのかもしれないが、喜んではいない。喜べないのだ。喜びはカブトムシには合わない。むしろ、これまで以上に陰気になるかもしれない。みんなの見本になるような陰気さ。

「ぼくたちはいま陰気だけど」どうぶつたちは言うだろう。「でもぼくたちの陰気さはキミの陰気さのもとでは色褪せてしまう。キミはぼくたちのなかでもっとも陰気だ」

木々は悲嘆によって——春であっても——葉を失うだろう。太陽は永遠に暗い雲の陰に身を潜め、二度と出てくる勇気をもたないだろう。

「みんな、陰気でありつづけるんだよ」カブトムシはそう言うだろう。どうぶつたちが陰気さを保てないことを怖れて。

「わかった。ベストを尽くすよ」どうぶつたちは嘆くように言うだろう。

「お祭り騒ぎはおしまいだ。歓喜の叫び声、楽しい知らせ、安堵の気持ち、心からのあいさつ、ごくわずかの満足のほほ笑みさえもない。あるのはただ悲しみ、後悔、良心の呵責、悔恨だけだ」

「うん、カブトムシ」みんなはますます深く首を垂れるだろう。

このようにして、どうぶつたちは以後、陰気な森や陰気な海、陰気な地中深くで生きつづけるだろう。カブトムシが暗黒の満足を感じるほどに。

フクロウ

親愛なるどうぶつたち

願いをもたないように。いちばんの願いなどもってのほか。

願いは、かなうともはや願いではなくなり、不満、不穏、不快に変わる。

ほんものの願いはけっしてかなわない。

願いはむしばみ、痛み、羽根をむしりとり、皮をはぎ、裂き、けっしてかなうことはない。

ぼくにはわかっている。

フクロウはそこでペンを置いた。なぜぼくにはわかっているのだろうか？　と思ったのだ。それでもそうであることがフクロウにはわかっていた。

これまでに無数の願いをもったことがあったし、なかには例外的な願いやいちばんの願いもあった。

いくつかはかなった。だがフクロウが感じていた痛みが軽くなったことは一度もなかったし、期待は毎回かならず不満、不穏、不快に変わってしまった。

それはいつでも、だれにとってもそうなのだろうか？　フクロウはそう考えた。

そう、だれにとってもそうなのだ。

フクロウは手紙のつづきにもどった。


　ぼくはもはや願いはもたない。キミたちももつのはやめるべきだ。ぼくは激しくそう望む。


フクロウはふたたびペンを置いた。激しい望み……それはいったいなんなのだ？　願いなんじゃないか？

フクロウは強い葛藤に見舞われ、真夜中、外に飛び出し、森のはるか上を旋回した。

自分の下ではどうぶつたちが眠っているのがわかっていた。空は静かで、頭上には星々がきらめいていた。

なにも願わないこと、とフクロウは考えた。それはなによりもむずかしい。自分にはできないことがわかっていた。

日が昇るとフクロウは家に戻り、手紙を破り捨てた。

ホタル

ある朝、ホタルは森のはずれにある家の前のベンチに座っていた。

空を仰ぎ、太陽が高いところから全力で地上を照らしているのを見た。

夏のはじめで、すでに暑かった。

ぼくもあんなふうに照らしたい……ホタルはそう思った。

ホタルの光は弱く、夜しか点けなかった。一時間以上はけっして点けない。それを超えると疲れて弱くなり、自然に消えてしまった。

照らすのはなによりも気持ちがいい、とホタルは思った。でも大変なことなのだ。

なぜ太陽には、疲れて一時間、休むために照らすのをやめることがぜったいにないのだろう？

そういうことがあってもおかしくはないはずだ。そうしたら、真昼間が夜になるのだ。みんなが嘆くにちがいない。「太陽よ、太陽……」みんなが叫ぶだろう。「なんてことをするんだ？」みんなが泣いて、毛や針、ツノ、触角などを頭からむしり取るだろう。途中まで書いていた手紙は床に落ち、誕生日パーティーに向かっていたどうぶつたちは道に迷い、プレゼントは腐ったり枯れたりしてしまう。

そこで、だれも気づかないうちにホタルが空にのぼって照らすのだ。どうぶつたちは太陽がもどってきたと思うだろう。みんながすぐに忘れるような短い中断にすぎなかった。自分たちの嘆きもすぐに忘れてしまう。

ホタルはため息をついた。なんていう考えだ……。

空に浮かび、最大の力で一日中、照らし、夜には下におりて家にもどる自分を想像した。

これまでになかったほどひどく疲れているにちがいない。

その夜は家のまえのベンチに座ってまどろんでいるだろう。月が照らし、星々がきらめいているだろう。

そこにリスなどが通りかかり、疲れて座っているホタルを見たとしたら、ホタルはこう訊いてみるだろう。「今日、ぼくがなにをしたかわかる？　リス」

「ううん」リスは答えるだろう。

「照らしたんだよ。気がついた？」

「いや」

「天気がいいと思ってた？」

「かなり」

「でもそれは天気がよかったんじゃなくて、ホタルがよかったんだよ」

リスは驚いてホタルを見つめるだろう。

余韻の冷めやらぬホタルは目を閉じて、またまどろみはじめるだろう。ホタルのいちばんの願いはかなったのだ。太陽のように照らしたのだから。

クジラ

クジラは誕生日に自分の背中の噴水のもとでパーティーを開くことにした。

どうぶつたちに手紙を書いた。明日、待っている、もし来なければ、二度とキミたちと目を合わすことはない、と。

どうぶつたち全員がやって来た。行かずに、二度とクジラに見てもらえない、というのは堪えがたい考えだったから。

朝早くから何十隻もの舟が海のまんなかをめざして川を下っていった。クジラはそこに住んでいるのだ。

よい天気で、風はほとんどなく、どうぶつたちは舟の上ですでにおめでたいときの歌をうたっていた。

水面を渡って、ライオンやカエル、バイソン、力強い声をしたそのほかのどうぶつたちの声が響きわたった。

お昼過ぎにどうぶつたちはクジラのところに着いた。

「ようこそ！　いらっしゃい！」クジラは叫び、舟を眺めわたした。全員そろっていた。誕生日が終わっても全員と目を合わせられる——満足してクジラはそう思った。

すばらしいパーティーになった。あらゆる種類のごちそうがあった。しょっぱいハチミツや塩味のケーキ、蒸しワカメ、そのほかにもたくさん。どうぶつたちは噴水のもとで跳びはね、クジラの背中じゅうで踊った。

あんまり大勢のっているため、クジラは沈みそうになった。どうぶつたちは膝まで海水に浸かりながら踊った。だれもそれをいやがらなかった。その日、なにかをいやがるどうぶつはいなかった。

それはどうぶつたちが体験したことのあるなかで最大の、もっともすばらしいパーティーだった。

夜が更け、パーティーがクライマックスに達するころ、クジラはゆっくりと海岸に泳いでいった。踊るどうぶつたちを背中にのせて。

海岸のそばでクジラはとまった。

「ちょっと聴いて」クジラは叫んだ。

どうぶつたちは互いから離れて耳をそばだてた。

「これから起こることは、ぼくの長年のいちばんの願いだったんだ」

クジラは来てくれてありがとう、と心からのお礼を述べ、涙をぬぐい、海の上に浮きあがり、また海中に潜ると、尾ひれを使ってどうぶつたちを海岸のはるか向こうに勢いよく振り飛ばした。

クジラがどうやって計算したのかはだれにもわからなかったが、全員が正確に自分の家の玄関をとおって、ぴたりとベッドの上に落ち、たちまち眠りについた。クジラは満足して、暗闇のなかを海のまんなかに戻っていった。

アライグマ

アライグマにはたくさんの願いがあったが、思いつくそばからほとんどすべて忘れてしまった。でもひとつだけ、けっして忘れることのない願いがあった。なにがあっても眠りつづける、というものだ。

その夢がかなったら、どうぶつたちが耳元でラッパを吹いたり、体を揺さぶったり、アライグマのおなかのうえで踊ったりしてもかまわない。それでも眠りつづけるからだ。

アライグマはうなずいて、ほかにどんなことがあっても眠りつづけるか、考えた。背中を強打される。だれかに持ちあげられ、振りとばされる。深い雪に埋まってしまう。空腹。痛み。

壁や山、海を突き抜けても眠りつづけられる……。

秋のことだった。アライグマは横になり毛布にくるまったが、眠れなかった。何度もなにかが眠りに落ちるのを妨げた。カエルがケロケロ鳴く声、ハイエナの遠吠え、ライオンの雄叫び……。

アライグマは起き上がって、両手を口にあてて叫んだ。「おーい！　だれかがここで眠ろうとしてるんだよ！」

すると、あちこちから声があがった。「ここでも！」でもカエルとハイエナ、ライオン、そのほかの騒々しいどうぶつたちは口を閉ざさない。

叫んでもダメだということだ、とアライグマは思った。

また横になって寝ようとしたが、やはりうまくいかなかった。

ぼくの眠りが去ってしまったのかもしれない。夏が去ってしまい、もうじき秋も去ってしまうように。夏や秋がどのようにしてどこに去っていくのか、知っているものはだれもいない。

運命には従順に従うしかない——アリが一度そう言っていた。森のあらゆる騒音で眠れない、とアライグマが話したときに。

従順、とアライグマは思った。どんな意味かはわからなかった。なにか身につけるものかもしれない。コートを羽織るように。分厚い冬の従順。ウールの襟に二枚仕立ての。

そんなことを考えているうちにアライグマは眠りに落ちた。

雪が降りはじめ、吹きすさぶ嵐がアライグマの耳もとでうなっていた。葉の落ちた枝が窓に叩きつけ、カエルまでやって来て耳をつんざくような子守歌を歌ったが、アライグマにはなにも聴こえなかった。いちばんの願いが叶っていたのだ。

イタチ

ある夜、イタチは眠ろうとしたが、だれかが訪ねてきてじゃまをするのが心配だった。イタチの願いはただひとつ、じゃまされずに眠ることだった。

イタチは外に出て、〈じゃましないで〉と書かれたボードをドアにかけた。

でもボードをもう一度よく見てみると、こう考えた。だれかが訪ねてきてこれを読んだら、じゃまをするつもりはまったくない、と思うかもしれない。ぼくだってきっと、ただ訪ねてきただけだ、と思うはずだ。訪問はじゃますることではないのだから。

イタチはボードをドアからはずして〈じゃましないで〉を取り消し線で消し、代わりに〈ねてます〉と書いた。

念のためにボードが光るまで布で拭いて、文字がよく読めるようにした。そしてボードをふたたびドアにかけた。

しばらくしてベッドに横になると、考えた。だれかがこう思うかもしれない。うん、こう書いてあるけど、イタチはもうずっと前に起きて、ボードをはずすのを忘れているのだろう。ほんとうはぼくが来るのを楽しみにしてるんじゃないか、と。

イタチはベッドを出て、またボードをドアからはずした。こんなボード、なんの役にも立たないと思って。

夜がすっかり更けても、イタチは考えに耽っていた。〈立入禁止〉というボードを作るべきなのかもしれない。それなら、寝てようが起きていようがいつでも有効なはずだ。

でもその表現は不穏すぎる。みんなが外に立って叫びだすかもしれない。「禁止？　どういうことなんだ？」ボードをむしり取ってなかに押し入り、イタチを揺さぶって言うだろう。「またヘンなことやってるな、イタチ！」

ダメだ、とイタチは思った。それだけは避けなくては。

窓のところに立って外を見た。月が昇り、そこここに木の葉が舞っている。

〈取り込み中〉というボードはどうだろう？　イタチはその考えにうれしくなってうなずいた。だがまだボードをつくるまえに考えなおした。そうしたら、もちろんみんなが窓を叩いて、なにに取り込み中なのか聞き出そうとするだろう。みんな手伝うのが好きだから、手伝えないかと訊いてくるはずだ。そうだとわかってるじゃないか。そうなれば、寝てると言わなければならない。

みんな、信じてくれないだろう。寝るのは取り込んでるのとはちがうし、もとより「寝てる」と言うときには寝てないのだから。なにも言わなければ、ぼくが返事もできないほど没頭していると思って、いったいなにをしているのか見たがるにちがいない！　「キミが取り込み中のことなんてめったにないからな、イタチ」みんなにそう言われるのが落ちだ。

ダメだ、そんなことするべきじゃない。ますます眠りから遠ざかってしまう。

イタチはさらに考えて〈留守です〉というボードをつくろうかと思ったが、それは真実ではないし、すぐにみんなにウソだとばれてしまうだろう。〈距離を保って〉とも考えたが、〈距離〉というものをみんなはどう理解しているだろう？　もしかしたらなかにはいってきて、ぼくに覆いかぶさるかもしれない。〈一ミリ〉だって距離であることにはかわりない。〈どっか行け〉でもいいのではないか？　でもみんなどっかに行ってしまい、二度ともどってこないかもしれない。ぼくの誕生日に招待したら、こう言うだろう。「手遅れだよ、イタチ。どっか行けって言われて、そうしたまでだ」

最終的に、もはやなにも思いつかなくなった。あれほど寝たかったというのに。

イタチはドアに鍵をかけ、棚とテーブルと椅子をドアに押しあててベッドに入った。

でも、一秒もたたないうちにドアがノックされた。

「どなたですか？」イタチは言った。

「コオロギ」声が言った。「おじゃまかな？」

しばらく考えてからイタチは言った。「そんなことないよ」

コオロギの訪問は楽しいものとなった。

ハタネズミ

ハタネズミは年月とともにますます自分のことがきらいになっていた。

ぼくはダメだ、と思っていた。もとからダメだったけれど、いまはますますダメだ。

それは気の滅入る考えで、自分ではどうすることもできなかった。

ある朝、家のまえの草の上に座って、自分のダメでないところを考えてみようとした。でもなにも浮かんでこなかった。なんてひどいんだ、とハタネズミは思った。

そのときちょうどリスが通りかかり、ハタネズミにあいさつした。

「こんにちは、ハタネズミ」リスは言った。

「こんにちは、リス」ハタネズミは言った。「さっさと通り過ぎて」

リスは驚いてハタネズミを見つめた。

「ぼくから得るものはなにもないから」ハタネズミは言った。「ぼくはダメなヤツなんだ」

「なんでそう思うの？」

「そのとおりだからだよ」

リスはハタネズミをほめたくなった。キミから得るものがある、みんなキミのことが好きで、やさしくて面白くて大胆だと思っている、見本にしているどうぶつたちまでいる、と言いたかったが、そんなことをしたらますます事態は悪くなるかもしれない。ハタネズミの言うとおり、通り過ぎるのがいちばんだとリスは思った。

長いあいだ、ハタネズミは家のまえの草の上に座っていた。ぼくなんていないも同然だ、と思いながら。それはダメなヤツよりももっとひどいことだ。

太陽が雲の向こうに消え、雨が降りはじめた。

ハタネズミは家に入り、ベッドで毛布にくるまった。

目をこすり、考えた。いま、泣いてもいいところだ。自分に対する後悔の涙。

でもハタネズミは泣かなかった。悲しみに対してまでぼくはダメなヤツだ、と思った。なんでみんなはダメじゃなくて、ぼくだけダメなんだろう？　ほんとうになんで？

そのとき、ガサゴソと音が聴こえた。

ハタネズミは毛布から頭を出して、ドアの下からはいってくる手紙を見た。

ベッドを出て手紙を拾い、読んだ。リスからだった。

親愛なるハタネズミ
今朝、キミに訊くのを忘れたことがあるんだ。
通り過ぎてから気がついたんだけど……キミはいちばんの願いをもってる？

リスより

P.S. キミはダメじゃないよ！

ハタネズミは頭を両手ではさんでテーブルにむかって座り、長いあいだ考えていた。考えたちが、まるでひどく急いでいるかのように慌ただしくあちこちに飛んで、互いにぶつかり、倒しあい、急に反対を向き、互いを持ちあげて振り飛ばし、新たな考えが加わりつづけ、遠くに行きつづけた。ピーエス、ピーエス、ピーエス、と考えたちはさえずり声をあげた。嵐のときに風がヒューヒューたてる音に似ていた。
何時間も経ってようやく考えたちは落ち着き、ハタネズミはリスに返事を書いた。

親愛なるリス
うん、もってるよ。

P.S.　もしかしたらキミの言うとおりかもしれない。

ハタネズミ

イボイノシシ

ある夜、イボイノシシは眠れず、不幸な気持ちで仰向けに寝ていた。なんでぼくだけにイボがあるんだ？　イボイノシシは思った。みんなにじゃなくて。それでもよかったんじゃないか？　そうだったらみんな元気になるはずだ。ぼくも！

それがイボイノシシのいちばんの願いだった。みんないっしょにイボ。

イボイノシシはくつろいだ気分で森を歩いていて、ネズミに出くわすようすを想像してみた。

「ネズミ、どうしたの？」イボイノシシは訊ねる。

ネズミは驚いてイボイノシシを見て「なにが？」と言う。

「わからないの？」

「うん」

「イボがないよ！」

前足で肌を触ってみたネズミがつぶやく。「うわっ、ひどい……キミの言うとおりだ……なんでいままで気づかなかったんだろう……」そして前足で顔を隠して灌木の茂みに逃げていくのだ。

イボイノシシは満足して歩いていく。なんてすばらしい日なんだ、と思いながら。

翌日、イボイノシシはまた散歩をして、またネズミに出くわす。あいさつを交わすネズミは輝かしい顔をしている。全身イボだらけだからだ。「ありがとう、イボイノシシ、ありがとう……」ネズミは言う。「イボがあるのがこんなに気持ちのいいことだなんて、知らなかったよ！」ネズミはくるくるとまわってみせる。つま先から後頭部までびっしりイボに覆われている。「ああ、なんてしあわせなんだ！」

正確にどうやってイボを手に入れたかは、ネズミにはわからない。イボイノシシも自分のイボに関しておなじだった。

イボイノシシとネズミはいっしょに散歩をつづけ、森のはずれでライオンに出くわす。ライオンの肌は太陽に輝いている。まるで洗ってアイロンをかけたばかりのように。

「ライオン、どうしたの？」イボイノシシとネズミが声をそろえて訊くと、ライオンは取り乱してまわりを見る――

イボイノシシはため息をついて、横向きに寝返りを打った。目をぎゅっと閉じて、想像してみた。自分のはたらきかけによってどうぶつたちみんなにイボができることを。魚や鳥にさえも、そしてあらゆる木と花、太陽にまで。

「見て、イボ太陽が輝いてるよ！」みんなが言って、イボだらけの手をこすりあわせるだろう。誕生日にはプレゼントに新しいイボを贈りあい、イボフィンガービスケットとイボクリームのついたイボケーキを食べるだろう。

〈イボっぽい〉という言葉もできる。「今日はちょっとイボっぽい気分なんだ」「ぼくもだよ！」とか「なんてイボっぽい考えなんだ！」などと。

そして夜にはイボっぽい夜を、と言いあうのだ。

そこでイボイノシシは眠りに落ちた。

ハクチョウ

ある日のこと、ハクチョウは気分が重かった。

川岸の、ヤナギの近くにはえた葦のあいだの水面に浮かんでいた。

それは奇妙な感覚だった。

深いため息をついて、頭を羽根のなかに沈め、間をおいて何度も「ああ……」と言った。

カエルがハクチョウを見つけて、泳いできた。

「こんにちは、ハクチョウ」カエルは言った。

「こんにちは、カエル」ハクチョウは半開きの目でカエルを見つめた。

「悲しいの？」カエルが訊いた。

「ちがう」ハクチョウが言った。「気分が重いんだ」

カエルはそれがどういうことだかわからず、深刻なことなのか訊ねた。

「わからない」ハクチョウはため息をついて、片方の翼でもう泳いでいくよう、カエルを促した。なにか重大なことにはちがいなかったが、正確になんなのかは自分でもわからなかった。

「ちょっとケロケロ鳴いてみようか？」カエルがさいごに訊いた。「軽やかに鳴こうか？　元気になるかもしれないよ」だがハクチョウは首を振った。

カエルは住んでいるハスの葉のうえに泳いでもどった。

午後になると、ハクチョウはますます気分が重くなった。森じゅうで、ハクチョウが「ああ……」と叫ぶ声がどうぶつたちに聴こえた。「ああ……はあ……」

どうぶつたちはハクチョウのところにやって来て、まわりを取り囲んだ。

「かわいそうに」みなは口々に言った。

「ぼくはかわいそうじゃない」ハクチョウは言った。「気分が重いんだ」

カブトムシは、陰鬱なのは気分が重いよりもっとひどい、いつかハクチョウにもわかるだろう、と言った。ハリネズミは、自分は悲観的だが気分は重くない、と言った。サイは、よかったらぼくがその重たい気分を粉々に打ち砕こうか、と言った。

だがアリは頭を振って、ハクチョウはただ気分の重さに耽っているだけだ、と言った。なんにでも耽ることはできるのだ、と。

「ぼくは美しさに耽ってる」カエルはそう言うと、いままで一度も鳴いたことがない繊細な音色でケロケロ鳴いた。自分もなにかに耽っている、というどうぶつたちもいた。

夜になり、みんなが家にもどっていくと、ハクチョウは疲れ果てていた。これ以上、気分が重くなると、川底に沈んでしまうような気がした。もうため息をつくことも、「ああ……」と声を出すこともできなくなっていた。

気分が重いのがこれほど疲れることだとは知らなかった。

ハクチョウは眠ろうとした。たとえ〈ハクチョウの眠り〉でもいいから。ちょっとだけ眠ることをそう呼んでいるのだ。

目を閉じたハクチョウのいちばんの願いは、翌朝、またいつもどおりにもどっていることだった。必要ならば、頭が重かったり、足が重かったりしてもかまわないが、気分が重いのだけはもういやだ。そしてまた水面から飛び立ち、波の上を舞い、旋回し、揺れながら飛びたい——それがハクチョウのいちばん好きなことだったから。

訳者あとがき

本書『いちばんの願い』は、オランダの元家庭医で詩人・作家のトーン・テレヘンによる *De liefste wens*（二〇二二年、ケリド社）のオランダ語からの全訳である。『ハリネズミの願い』（二〇一六年）、『きげんのいいリス』（二〇一八年）、『キリギリスのしあわせ』（二〇二一年）につづく《どうぶつ物語》シリーズの最新作であり、『おじいさんに聞いた話』（二〇一七年、新潮クレスト・ブックス）を含めて新潮社からは五冊目のテレヘン作品となる。

テレヘンさんは長年、家族や友人、出版社の方たちへのクリスマスプレゼントとして、翌年の週めくりカレンダーを作りつづけてきた。夏のバカンスのあいだに五十三の物語を書き、自らコピーを取り、タコ糸を買ってきて綴じる。そんな地味で大変な作業を、家庭医を務めながら何十年もつづけてきた姿を思い浮かべると、ひとつひとつの物語がいっそう愛おしく感じられる。本書も二〇一七年のカレンダーを書籍化したものだ。二〇一六年のフランス、コレーズ県シャンパニャック＝ラ＝ノアイユでのバカンスで書いたことが、カレンダーのさいごのページに記されている。十一月で八十二歳を迎えた現在は、カレンダー作りはおしまいにされたそうだ。いただいてすぐに夢中で読んだこのカレンダーには心に残る話がたくさんあって、本になったらぜひ訳したい、と思っていた。通常より出版に時間がかかっていたところにコロナ禍となり、ロックダウン中に出版されても物語を題材とするコンサートができないことから、さらに出版が先延ばしになっていた。ようやく二〇二二年に出版され、今年の春にはロッテルダム・フィルハーモニー管弦楽団による演奏と俳優の語りを合わせた公演が実現した。

　今回もリスはやさしく、木から下りられなくなったゾウを背負って下りたり（どうぶつたちは全員同じ大きさなのだ）、自分に自信のないハタネズミをさりげなく励ましたり、ふいに訪問するムラサキガイにお茶を出したりする。相変わらずむずかしい話ばかりしているアリは、とつぜんリスに「真剣に話しあいたい」と手紙をよこすが、おいしいハチミツには目がなくて、話はそっちのけでリスの家のハチミツを食べつくす。なにを話しあいたいのか心配して眠れなかったリスをよそに。その他のおなじみのどうぶつたちにも再会できる。『ハリネズミの願い』や『キリギリスのしあわせ』のようには主人公が決まっていなくて、〈いちばんの願い〉をテーマに、皆にスポットが当たっているのもいい。

　はじめて登場する個性的などうぶつもいる。氷漬けになり、さいごの干し草をいまなお食《は》みながら、生き返って世界一平凡などうぶつになって、どうぶつたちとお茶することを切に願うマンモス。自分はけっして怠け者ではないのだからネムリモノという名前に変えたいが、皆に知らせるのはめんどうなのでそのまま眠りつづけるナマケモノ。誰もがイボをもっていて、新しいイボをプレゼントしあったりできればいいのに、と願うイボイノシシ。

虫たちも出てくるが、ぜひ〈気持ち悪い〉という先入観を捨てて、ちょっぴりしんみりするゴキブリのビューティーコンテストの話も読んでみてほしい。砂漠でひとりぼっち、えんえんと砂粒を数える孤独なシロアリの話も印象的。ゾウリムシの空想もほほ笑ましい。人間の都合で悪者にされ嫌われているけれど、虫だって生きとし生けるもの。かわいいどうぶつだけでなく、ゴキブリやシロアリまで物語に含まれていることも、テレヘン文学の大きな魅力だと思う。

それはまた〈多様性〉という現代のテーマにも通じている。他者と異なっていることを個性として尊重しあえる社会を、テレヘンさんは一九八四年以来ほぼ四十年、一貫して描きつづけてきた。昨今、ますます多くの国で読み親しまれ、中国の出版社はどうぶつたちの小説九冊の版権を一度に取得した、とご自身驚いていらした。ローマでイタリア人の翻訳者たちが《どうぶつ物語》の翻訳ワークショップを開くので、自分もズームで参加する、という話もなさっていた。

さまざまな文化的背景をもつ人たちが楽しむ《どうぶつ物語》。国境を超えて、自分の好きなどうぶつやエピソードについて語り合えたらどんなに楽しいだろう。

この夏、久しぶりにテレヘンさんとお茶をごいっしょしたとき、日本の読者にメッセージをいただけないかお聞きしたら、こう話してくださった。「ぼくのいちばんの願いは……ぼくがまだ若くて、日本に行って読者の方たちに会うこと。昔、大阪と東京、広島に行って、すばらしい体験だったから……ほんとうに心からそう思っているんだよ」

ご高齢でもう実際に日本にいらっしゃることはできないけれど、テレヘンさんの心のなかにはいつまでも日本がある。ちょうどわたしたちの心のなかにどうぶつたちの森があるように。

この本もたくさんの読者の方に楽しんでいただければ幸いだ。

長山さき

二〇二三年十一月、アムステルダムにて

DE LIEFSTE WENS
Toon Tellegen

いちばんの願《ねが》い

著 者
トーン・テレヘン
訳 者
長山さき
発 行
2023年12月15日

発行者 佐藤隆信
発行所 株式会社新潮社
〒162-8711 東京都新宿区矢来町71
電話 編集部 03-3266-5411
読者係 03-3266-5111
https://www.shinchosha.co.jp

印刷所
株式会社精興社
製本所
加藤製本株式会社

乱丁・落丁本は、ご面倒ですが小社読者係宛お送り下さい。
送料小社負担にてお取替えいたします。
価格はカバーに表示してあります。

ISBN978-4-10-506994-0 C0097

ハリネズミの願い

トーン・テレヘン
長山さき訳

「キミたちみんなをぼくの家に招待します。……でも、誰も来なくても大丈夫です」臆病なハリネズミに友達はできるのか。谷川俊太郎さん絶賛の深い孤独によりそう本。

きげんのいいリス

トーン・テレヘン
長山さき訳

ブナの樹の上に暮らす気のいいリスとそれぞれに悩みを抱えるどうぶつたち。あなたに似たどうぶつがきっといる。『ハリネズミの願い』の作家の幻の名作完全版！

キリギリスのしあわせ

トーン・テレヘン
長山さき訳

森のはずれのキリギリスのお店に、とんでもないものを買いにくるどうぶつたち。彼らを迎える働きもののキリギリス。生きにくい時代の、小さな励ましとなる物語。

☆新潮クレスト・ブックス☆

おじいさんに聞いた話

トーン・テレヘン
長山さき訳

「ハッピーエンドのお話はないの?」サンクトペテルブルク生まれの祖父が語る人生の悲哀と理不尽。『ハリネズミの願い』の作家自身がもっとも愛する掌篇小説集。

☆新潮クレスト・ブックス☆

身内のよんどころない事情により

ペーター・テリン
長山さき訳

会合を断るための小さな嘘が、作家の人生を激しく狂わせる。3歳の娘が脳梗塞を起こし、架空の作家Ｔが現実を侵食していく。ベルギー発の謎に満ちた実験小説。

☆新潮クレスト・ブックス☆

ある犬の飼い主の一日

サンダー・コラールト
長山さき訳

離婚した中年男ヘンクはＩＣＵのベテラン看護師。散歩中、へばった老犬を介抱してくれた女性に心惹かれる……。リブリス文学賞受賞のオランダのベストセラー長篇。